우리들의
플레이리스트

우리들의
플레이리스트

윤혜은 지음

1:20 ⏮ ⏸ ⏭ -0:40

주니어김영사

차례 PLAYLIST

우리들의
플레이리스트

구름다리

"어떡해……. 나 떨려서 못 보겠어. 담임 진짜 우리 둘 안 붙여 놨기만 해 봐."

1학년 종업식. 나래는 실눈을 뜬 채 반 배정표를 훑다가 잠시 두 손을 맞잡고 눈을 꾹 감았다. 그러나 막간의 기도가 무색하게 '이나래' 이름 옆으로 '2-11' 숫자가 나란히 붙어 있었다. 5반인 이나와 반이 갈라진 것이다. 한순간 허탈하고 아찔해지는가 싶더니, '11반이면 신관이잖아?' 하는 생각이 머릿속을 스쳤다. 때마침 이나의 명랑한 목소리가 들려왔다.

"애원해도 역시 소용없는 거였어. 근데 나래는 이제 신관이네? 우리 쉬는 시간마다 구름다리에서 만나면 되겠다!"

반이 갈라진 마당에 손뼉까지 치는 이나의 태연함에 나래는 살짝 서운할 뻔했다. 하지만 나래 또한 순간적으로 신관 복도 난간에 기댄 채 투명한 유리 바닥을 내려다보며 이나를 마중 나가는 모습을 상상했으니 똑같은 셈이었다.

나래는 괜히 울상을 지어 보였다. 이나도 턱에 호두 같은 주름이 지도록 입을 내밀며 나래의 표정을 장난스레 따라 했다. 그러더니 책상에 왼팔을 얹고 옆으로 엎드렸다. 소란한 분위기가 좀 빠지면 나가자는 신호이다. 나래는 불쑥 찾아오는 둘 사이의 침묵에 익숙하다.

이나는 왼쪽 귀에 블루투스 이어폰을 끼고 있다. 분명 '종업식 하굣길' 상황에 꼭 맞는 플레이리스트를 짜 두었겠지. 잠시 후에는 중앙 현관에서 실내화를 갈아 신은 뒤 남은 이어폰 한쪽을 나래에게 건넬 것이다. 나래가 무슨 노래냐고 물을 새도, 물을 필요도 없이 전주가 흘러나오겠지. 그리고 첫 소절이 채 나오기도 전에 가수보다 이나의 목소리가 먼저 들린다.

'어때? 지금이랑 분위기 딱 맞지?'

햇살이 한층 너그러워진 2월이었다. 눈을 가늘게 뜨면 라디에이터에서 피어오르는 먼지가 유유히 부유하는 게 보였다. 반 배정표가 벌써 나왔지만 새 학기는 아직 먼일 같았다. 게으른 공기가 몸을 감싸기라도 하는 것처럼 몸이 배배 꼬였다.

'이대로 아무것도 변하지 않으면 안 되는 걸까.'

눈까지 감고 있는 이나를 보고 있자니 그런 마음이 들었다. 어딘가에 머무르고 싶어 하는 마음은 사람을 좀 외롭게 하는구나. 이미 알고 있는 감정이라고 생각했는데 너무 오랜만에 마주해서 그런지 쉽게 동요된다. 달리 말하면 그동안 한곳에 충분히 머물렀다는 뜻이기도 하다. 물론 그게 위로가 되지는 않는다. 때가 되면 여기가 아닌 곳으로 이동해야 하는 것. 누군가에겐 그 변화가 설렘으로 다가올지도 모르겠지만, 나래에게 변화는 곧 불안이었다. 그 '때'라는 것은 대체로 스스로 정할 수가 없으므로.

교실에 더 오래 남아 있고 싶은 바람은 나래뿐만이 아닌 듯했다. 이나는 아예 잠이 들어 버렸다. 참 아무 데서나 잘 자는데 일어나기도 잘 일어나서 신기할 따름이다. 이나는 꼭 까무러쳐 있는가 싶다가도 누가 슬쩍 눈치를 주면 뭉그적거리지 않고 자세를 곧추세우곤 하니까. 이나는 잠드는 것만큼이나 잠에서 깨어나는 게 좋다고 했다.

"해야 할 게 있잖아."

그 말을 하는 이나의 표정은 환했다.

"그럼 자는 건?"

나래가 되물었더니 이나는 이렇게 답했다.

"할 일을 다 했고, 이제 잠만 자면 되니까. 홀가분하지."

뭐든 막힘없는 이나가 유독 명쾌하게 말할 때, 나래는 이상하게도 멍청해진 기분이 든다. 하기 싫어서 문제이지. 할 일이라면 나래도 매일 차고 넘쳤다. 하지만 이나의 할 일은 학생의 본분이나 다름없는 공부가 아니다. 이나는 선택 과목을 고르는 고등학생이 되기도 전에 자신이 선택한 공부가 있으니까.

이나는 자신이 해야만 하는, 하고 싶은, 할 수 있다고 믿는, 마치 그런 일을 부여받은 사람 같다. 그러니까 이나에게는 꿈이 있다.

해야 할 일을 하는 것. 그건 세상에 자신이 필요해지는 기분일까? 지금 이나를 깨우면 이나는 언제 종업식에 미련을 두었냐는 듯 제 일을 하러 갈 것만 같다.

나래는 가만 음악을 듣고 있는 이나를 조금 더 내버려 두었다.

이나를 처음 만난 날도 그랬다. 나래가 중학교 3학년 1학기 중간고사 직후, 백아중학교로 전학 온 날도 이나는 책상에 엎드려 있었다. 나래는 배정받은 자리의 의자를 조심스럽게 끌었다. 이나의 짧은 머리카락이 스륵 흘러내리면서 목뒤로 숨겨 둔 이어폰 줄이 보였다. 책상에는 에어팟도 있었다. 불성실해도 좀 알뜰살뜰한 타입인가 싶었는데, 웃기는 애네……. 이따가 눈을 떴는데 처음 보는 얼굴이 있으면 얘도 웃기겠다. 정작 가만히 있는 상대를 두고 웃고 있는 건 나래 자신이었으면서. 나래는 그렇게 전학 첫날의 긴장을 풀었더랬다.

나래는 이나를 깨워 먼저 인사할 용기도 없었지만, 마치 조금 더 자도 된다고 허락해 주는 듯한 마음이 들어 가만히 있었다. 이나의 얼굴은 고단해 보이지 않고, 꼭 이럴 시간을 마련해 둔 사람처럼 평온해 보였다. 첫인사 후에 아까 뭘 듣고 있었는지 물어보면 치근덕대는 걸까? 그런 생각을 하면서 1교시를 보냈다.

종이 울리자마자 이나는 꼿꼿이 앉아 어깨 스트레칭을 했다. "넌 누구야?" 묻는 목소리를 듣자 나래의 앞선 생각들은 다 지워졌다.

한순간 높고 선명한 플루트 같은 음이 짧게 울려 퍼진 것 같았다. 조금이라도 더 일찍 들어 볼걸, 후회하게 만드는 목소리였다.

"오늘 전학 왔어. 아까 너 자고 있을 때, 선생님이 이 자리에 앉으라고 해서……."

어쩐지 변명 같은 말이 튀어나왔다. 교탁에서 자기소개를 할 때보다 얼굴이 더 달아오른 것 같았다. 이나는 고개를 살짝 기울여 나래의 명찰을 보더니 말했다.

"나랑 이름이 비슷하네? 윤이나, 이나래. 돌림노래 같다."

무슨 노래든 너는 다 잘 부를 것 같다는 엉뚱한 대답이 튀어나올 뻔했다. 그런데 나래는 뜻밖에도 이나가 정말로 노래를 잘하는 친구라는 걸 알게 되었다. 그날로 함께 노래방에 갔기 때문이다.

왜 그리도 흔쾌한 마음이 들었는지는 모르겠다. 다만 그때의 나래는 어른들의 결정 한 번으로 원치 않게 진행된 전학에 좀 무력해진 상태였다. 낯선 도시로 전학까지 왔는데, 노래방 가는 것쯤이야 하는 심정이었는지도.

이나가 데려간 곳은 건물 2층이나 3층에 위치한 보통의 코인노래방이 아닌, 외벽에 학원 간판이 가장 적게 걸린 건물의 지하로 내려가야 하는 노래방이었다. 어둡고, 습하고, 조금은 쿰쿰한 냄새가 풍기는. 나래는 급히 사장님의 인상을 살폈는데, 카운터에 할머니 할아버지가 나란히 앉아 계셔서 괜히 안심이 되었다. 이나가 너무 살갑게 인사를 해서 순간적으로 이나네 조부모님이 운영하시는 곳인지도 모르겠다는 생각에서였다. 아니긴 했지만.

할머니가 안내해 주신 방은 핑크빛, 보랏빛 네온사인이 번쩍거리는 조명 대신 넓은 공간에 비해 지나치게 작아 조금은 초라하게 느껴지는 미러볼이 돌아가고 있었다. 나래도 물론 이런 노래방에 와 본 적이 있었다. 아주 오래전, 딱 한 번. 부모님과 함께. '다시 그럴 수 있을까?' 감상에 젖을 새도 없이 이나가 리모컨을 나래 앞으로 슥 밀었다.

"너가 먼저 부를래?"

이것은 권유인가 강요인가. 누가 먼저든 이제부터 오늘 처음 본 애랑 최소 한 시간 동안 노래를 불러야 한다는 생각에 나래는 어색해 죽을 것 같았다.

"나는 고를 때 시간이 좀 걸려서……. 혼자서는 괜찮은데 둘이니까 넌 괜히 시간 아깝다고 생각할 수 있잖아."

실제로 모니터에 표시된 시간은 어느새 57이었고, 신기하게도 어색함보다 조급한 마음이 앞서기 시작했다. 각자 리모컨을 누르고 선곡집을 넘기는 정적을 견디고 나니 이상하리만치 마음이 차분해졌다. 이나가 첫 곡으로 고른 처음 들어 보는 노래의 반주가 흘러나올 때는 인생이 정말 멋대로 흘러가는구나, 해방감마저 들었다.

그리고 역시 이나는 짐작보다 훨씬 더 노래를 잘했지만, 나래는 주눅이 들거나 하지는 않았다. 이나는 딱히 나래랑 노래방에 가고 싶었다기보다, 어차피 노래방에 갈 예정이었는데 마침 옆에 있는 나래를 데리고 간 것 같았다.

덕분에 나래도 요 몇 달 환경이 바뀌는 동안 쌓인 스트레스를 풀었다. 서로 대화를 나누지도 않았다. 이나의 차례에 나래도 좋아하는 노래가 나와 가만히 따라 부르면 이나가 "같이 부르자!" 하고 나래의 마이크를 켜는 식이었다. 나래가 노래를 부를 때는 이나가 표 나지 않게 '오~, 오~' 하는 표정을 지어 보이기도 했다. 평가하는 것처럼 보일까 봐 조심하는 듯했는데, 오히려 나래를 조금 우쭐하게 만들었다. 그렇게 세 시간이 흘렀다.

이나와 목을 가다듬으며 카운터를 지나치는데 연신 보너스를 넣어 주던 사장님이 "처음 보는 친구가 이나랑 잘 맞나 보네." 하고 친근하게 말을 걸었다. 이나는 "그러니까요. 오늘 전학 온 친군데 체력 대박이죠? 노래도 엄청 잘해요!" 하며 천연덕스럽게 받아치고는 또 오겠다며 활짝 웃었다. 나래도 어쩐지 잘 부탁드린다는 마음으로 꾸벅 인사를 하며 따라 나갔다. 어지러운 학원 간판들로 빼곡한 건물 틈 사이로 노을이 지고 있었다.

이제 집에 가면 되는 건가. 여기서 집 가려면 어떻게 가야 하지. 나래가 지도 어플을 켜려는데 이나가 어깨를 툭 치며 말했다.

"너 오늘 노래방 안 갔으면 어쩔 뻔했어?"

아니 누가 할 소린지.

"……지는."

여전히 쌩쌩하고 높은 목소리가 웃음으로 흩어졌다. 함께 신호등을 기다리며 건너편 조각보 같은 하늘을 바라보고 있자니 주황빛 탄산

음료가 당겼다.

그 후로 나래는 제 옆에 잠들어 있는 이나를 이제 아쉬움 없이 기다려 줄 만큼 이나의 목소리를 독점하는 친구가 되었다.

반 하나가 갈렸다고 최초의 기억까지 끌고 올 일인가. 이나는 올해도 블루투스 이어폰과 헤드폰과 유선 이어폰을 모두 갖고 다니면서 내키는 대로 번갈아 끼겠지. 복장 규정 같은 것이 없어도 단발머리를 고수하고 교복을 단정히 입은 채 누구보다 일찍 등교해서는, 가끔 태연하게 거짓말을 하고 홀로 조조 영화를 보러 가겠지. 긴 팔과 다리를 척척 움직이며 이리저리 걷다가 오후에는 나래를 뻔뻔하게 데리러 와 노래방으로 끌고 가겠지. 조금 얄미워지려는 제 마음을 숨긴 채 나래가 오늘 뭘 했냐고 물으면, 이나는 나래가 이미 쉬는 시간마다 자신의 인스타그램 스토리를 빠짐없이 봤다는 걸 알면서도 순순히 답하겠지.

"버스 타고 광화문 갔다가 서점도 구경하고 청계천도 걷고. 쉑쉑버거도 먹어 봤는데 맛있더라. 다음 주 용돈 받으면 언니가 사 줄게. 같이 가자."

천진한 목소리로, 그러나 과장 없이 전해지는 이나의 하루는 종일 뽀로통했던 나래의 마음을 끝내 평평하게 만들겠지.

달라지는 건 없을 것이다. 이나의 목소리에 대해서라면 충분히 알지만, 이나가 겪는 시간에 나래가 아직 모르는 풍경들로 가득하다는 것도. 이나가 속한 장면들은 늘 그런 식이어서 나래가 종종 뜻 모를 울렁거림을 느끼는 것도. 여전히 같을 것이다.

'이게 뭐지? 이게 뭘까?'

이나의 말에 따르면 나래는 '생각이 길어지는 모양이 얼굴에 그대로 드러나는 타입'이라고 했다. 그러니 이런 질문이 꼬리를 물면 이나의 목소리가 끼어들어 나래의 마음을 정리해 줄 타이밍이다. 예를 들면 이렇게.

"우리 노래방 가기 전에 핫도그나 하나씩 먹을까?"

정작 이나는 배부른 채로 노래하는 걸 싫어하지만, 나래의 허기를 알기에 건네는 말이다. 나래는 그 배려를 고마움보다 빠르게 받는다.

"응, 난 점보로 먹을래."

'……배고프다.'

지금 이나는 눈을 감고 있으니, 머릿속이 거미줄처럼 팽창해져 가는 나래의 표정을 읽을 수 없다. 그래서 나래의 생각은 안심하고 뻗어 간다. 지금처럼 이나와 교실에 나란히 앉아 있는 시간도 오늘이 마지막이구나. 내년에는 다시 같은 반이 될 수도 있지만 그때는 고3이고, 고3은 왠지 스무 살보다 멀게 느껴져서 아예 오지 않을 것만 같다. 나래는 자신이 그 시기를 영영 마주하고 싶어 하지 않는다는 걸 안다. 알지만 모른 척한다. 그렇게 모르는 채로, 모호한 채로 지내도 괜찮은 시절이 끝나 가고 있다는 것 역시.

무엇인가 될 준비를 한 사람만이 고3으로 넘어갈 수 있다면 얼마나 좋을까. 고3뿐만 아니라 무엇에든. 어떤 이들에겐 '준비생'이 될 준비도 필요하다고 괜한 억지를 부리고 싶었다. 나래는 요즘 들어 그런 자신이 마음에 안 들었다.

"배고프네."

순간 허공에 던져진 목소리. 생각 속의 자신인지, 그 생각을 알아채고 여느 때와 같이 매듭지어 주려는 이나의 목소리인지 나래는 잠깐 헷갈렸다. 옆을 내려다보니 어느새 이나가 눈을 깜빡이고 있었다.

'나, 지금 배고프네, 였을까, 너 지금 배고프네, 였을까.'

이런 구분을 별 의미 없게 만드는 내 친구. 나래는 이나와 떨어져서 보낼 2학년 생활 같은 건, 역시 밥부터 먹고 고민해 봐야겠다고 생각했다.

인트로
부드러운 이탈

짧은 봄방학이 끝나고 3월의 첫 등교일이 왔다. 나래는 왼쪽 가슴께에 아직 흠집 하나 없이 매끈한 초록색 명찰을 달면서 숨을 살짝 참았다 내쉬었다. 똑같은 이름에 배경색 하나 바뀌었을 뿐인데, 거울 속 자신이 묘하게 신경 쓰였다.

나래는 거울 속 어색한 자기 모습을 꼼꼼히 살펴보았다. 며칠 전 앞머리를 잘못 자른 바람에 핀으로 고정해 두었는데, 이마를 사선으로 가르며 삐져나온 머리카락이 유독 촌스럽게 눈에 띄었다. 잘 어울린다고 생각한 중단발의 머리 길이마저 오늘따라 묶기에도, 풀어 두기에도 뭔가 좀 어수선해 보였다. 지난주에 다듬었건만 그새 조금 자란 눈썹이랄지, 선크림 위로 희미하게 비치는 다크서클이랄지. 지금처럼 나래를 아주 가까이에서 들여다봐야 보이는 아주 사소한 것들이 보풀처럼 일어났다. 나래는 고개를 팩 돌리고 제 얼굴로부터 도망치듯 문을 열고 나왔다.

이나는 여느 때처럼 사거리 편의점 앞에 서 있었다. 이나를 만나서도 나래는 괜히 꿍얼거리며 나란히 걸었다. 그러자 이나는 나래를 멈춰 세우고는, 주머니에서 새로 샀다는 핑크색 틴트를 꺼내 나래의 두 볼에 콕콕 찍은 뒤 약지로 살살 문질렀다. 나래가 "야, 나는 웜톤인데."라고 말할 새도 없이 일이 벌어졌다. 생기 있어 보이긴 한데, 좀 동동 뜨지 않나.

"그런데 네가 계속하잖아? 그럼 그냥 그게 너한테 어울리는 색이 돼. 진짜야."

우리 같이 '톤 파괴자'가 되어 보자는 둥 이나는 엉뚱한 소리를 하며 나래를 웃게 했다. 하긴, 그러는 이나의 볼에는 이미 두 가지 색의 블러셔가 겹쳐 있었다. '좋아하는 걸 섞으면 원래 더 마음에 드는 법이야.' 그게 이나의 지론이었다. 평소 이나의 종잡을 수 없는 사복 패션을 알기 때문에 나래는 수긍했다. 나래도 이나도 같은 외동딸인데 이나의 옷은 꼭 자매가 일곱 명쯤 되는 사람의 옷장처럼 다채로웠다. 그런데 이나는 그 모든 것이 이상하게 잘 어울렸다. 이나가 어색해하지 않기 때문일까.

여느 때처럼 이나와 함께 신발을 갈아 신고, 1층 중앙 계단 앞에서 인사를 한 뒤 각자의 교실과 가까운 현관을 향해 뒤돌아설 때는 문득 아랫배가 싸했다. 신관 현관으로 향하다 슬쩍 올려다본 구름다리에는 뿌연 먼지가 끼어 있었다. 투명한 듯 불투명해 보이는 초록색 아치형 유리창이 햇빛에 반사돼 탁하게 반짝였다.

1학년 땐 모든 반이 본관에 있어 신관에 갈 일이 거의 없었다. 열일곱이나 먹었어도 아직 애들은 애들이라 사방이 온통 지루한 학교에서 구름다리는 특별히 흥미를 끄는 장소였고, 일부러 건너가 보고 싶은 통로였다. 쉬는 시간이나 점심시간에 구름다리를 서성거리는 애도 많았지만, 1학년 가슴팍에 달린 노란색 명찰을 발견하는 선생님이라도 있는 날엔 애꿎게 한 소리를 들어야 하므로 그리 유쾌한 시도가 아니었다. 아니, 그보다는 여긴 우리 영역이라는 듯 위아래를 훑는 선배들의 눈초리를 못 견뎌 금세 돌아오기 일쑤였다.

물론 나래는 그럴 필요가 없었다. 정인고등학교 밴드부 1학년 보컬인 이나가 나래의 절친이었으니까. 개교 이래 쭉 본관 4층과 옥상 사이, 다락 같은 곳에 있던 밴드부 방은 수년 전 신관에 새 음악실이 지어지면서 그 옆으로 거처를 옮겼다. 독립적인 공간이라기보다는 널따란 음악실 한쪽에 가벽을 세워 창고 같은 방을 만든 것뿐이지만, 상태는 놀랍도록 쾌적했다. 교내 유일한 동아리 방이기도 했다. 신입 부원들은 다른 특별활동실과 다르게 음악실만이 지닌 특별한 분위기 때문에 음악실 청소를 도맡으면서도 오히려 특혜처럼 여겼다.

나래로 말할 것 같으면 그 기분을 이나 덕분에 누릴 수 있었다. 청소뿐만 아니라 이나가 종종 밴드부 선배의 부름에 달려가는 등 신관에 볼일이 있을 때면, 나래가 늘 이나의 오른쪽 팔짱을 차지했으니까. 구름다리가 가까워질수록 나래는 꼭 이나라는 통행증이 생긴 것 같았다.

'그런 재미도 이제 다 갔네.'

구름다리를 건너가고 나면 신관과 본관의 차이는 거의 없다고 봐야 했다. 그러나 공교롭게도 이나는 여전히 본관에 속한 반으로 배정받았고, 이제는 이나가 나래를 보러 신관으로 와야 할 터였다.

'겨울까지만 해도 그렇게 특별해 보였는데. 뭐, 별거 없구먼.'

11반은 생각보다 끝에 위치해서 한참 들어가야 했다. 나래는 제 다리가 교차하는 리듬이라든가 복도의 길이감이 왠지 익숙하다는 생각이 들어 문득 고개를 들었다. 푯말을 보니 어느새 음악실에 다다라 있었다. 11반은 바로 그 맞은편이었다. 새 학기 교과서는 봄방학 때 택배로 배부되었기 때문에, 교실 문을 여는 것이 꼭 입학식 때처럼 떨리는 마음이 들었다.

"하……."

뒷문을 여니 미리 와서 모여 있던 아이들 몇몇이 빠르게 나래를 돌아보았다가 미련 없이 고개를 돌렸다. '쟤는 누구지?' '나도 모르겠는데.' 하는 눈빛이 스쳐 갔다. 운 좋게 같은 반이 된 친구들이 있는 모양이지. 1교시까지는 20분도 안 남았는데 빈자리가 제법 보였다. 느긋한 등교, 여유로운 상황 판단. 2학년의 짬이란 이런 걸까.

나래는 남아 있는 자리 중 가장 뒤쪽이 어디인가를 셈하다 3분단 다섯 번째 줄에 앉았다. 다른 아이들이 나래의 눈앞, 등 뒤에서 호들 갑을 떠는 소리가 들렸다. 나래는 애초부터 기대가 없어서였는지 각오했던 것만큼 쓸쓸하진 않았다.

'몰라, 될 대로 되라지.'

이대로 티끌만큼이라도 알은체를 할 만한 사람이 없을 거라면 담임이 들어오기 전까지 휴대폰을 들여다보는 편이 자연스러운 모습이겠지. 그런데 문득 그런 포즈를 고르고 취하는 것마저도 좀 성가셨다. 친구를 못 만들면 어떡하지, 그런 한가로운 생각을 하기에 나래는 고2였다. 실없이 웃다가도 등골이 서늘해짐을 느껴야 할 때. 억지로라도 위기의식을 느껴야 한다고 슬슬 주변에서 바람 잡는 시기. 나래에게 새로운 반에서 친구가 필요하다면, 이 공통의 불안감에서 벗어나게 해 줄 동지 같은 친구일 터였다.

앞문이 열리자 복도 쪽 창문 너머에서 나던 웃음소리가 교실 안으로 들어왔다. 소란에 고개를 드니 낯익은 얼굴이었다. 양유림과 문소영. 중학교 때 같은 국어 학원을 다니면서 안면을 튼 애들이었다. 1학년 때도 영어와 수학 시간마다 분반해서 다닐 때 인사를 하던 사이여서 나래로서는 친근감이 있었다.

안도감과 동시에 타이밍 좋게 눈이 마주쳤고, 둘은 곧장 나래의 이름을 길게 늘여 부르며 다가왔다. 나래에게 오는 그 짧은 사이에 벌써 여럿과 인사를 나누느라 교실이 시끌시끌해졌다. 그러고 보니 쟤네는 정인중 출신이었지.

"너희 둘은 진짜 잘 붙어 다닌다?"

웬 남자애가 실없는 인사를 건넸다. 나래는 그 말에 픽 웃음이 났다. 이나와 자신을 향해 언젠가, 누군가 분명히 했을 법한 말이었다. 마침내 나래의 앞에 선 두 사람 중 유림이 먼저 살갑게 말을 걸었다.

"이나래, 우리 같은 반이야? 잘 됐다!"

"그니까! 나 아는 얼굴이 하나도 없어서 걱정했는데, 살았다 진짜."

딱히 빈말은 아니었지만 그동안의 관계를 생각하면 투정과 반가움이 생각보다 과하게 나와서 나래는 속으로 '작작해.'라고 되뇌었다. 다행히 유림이 나래의 어깨에 손을 얹으며 너스레를 떨었다.

유림의 숱 많고 긴 곱슬머리가 나래의 어깨에 닿았다. 유림은 커다란 눈이 단숨에 접히도록 활짝 웃었다. 눈을 접어도 뜨고 있는 느낌이라니. 큼지막한 이목구비가 어른스러운 느낌을 더해 주었다. 유림에게선 꽃집에 들어가면 풍기는 진한 풀냄새에 달콤함이 더해진 향기가 났다.

나래와 비슷한 기장의 머리를 양 갈래로 땋고 투명한 뿔테 안경을 쓴 소영도 인상적이기는 마찬가지였다. 어설프게 땋아 군데군데 잔머리가 잡초처럼 튀어나와 있어도 소영은 별로 개의치 않은 것 같았다.

그런 둘이 붙어 있으니 뭐랄까, 프레임이 화려한 인생 네컷 사진을 보는 듯했다. 나래는 아침에 자신이 거울을 보며 한 고민은 밋밋하기 그지없었다는 생각이 들었다.

"맞다! 너 백아중 나왔다고 했지? 작년에 보니까 백아에서 여기 온 애들이 스무 명도 안 되더라. 이젠 이 언니들만 믿어."

유림 옆에서 잠자코 휴대폰을 보던 소영이 거들었다.

"그래, 양유 얘 완전 인싸잖아. 나도 얘 믿고 학교 다니는 거야, 나래야."

서로를 양유, 문쏘라고 부르는 소영과 유림을 보면서 나래는 이나가 자신을 부를 때에도 이름의 앞 두 글자만 따서 '이날'이라고 부르는 음성이 떠올랐다. 그리고 순간적으로, 아니 습관적으로 이나를 이곳에 끼워 넣는 상상을 했다. 유림과 소영에 대해 아직 잘 모르지만, 왠지 저쪽의 둘과 이쪽의 둘이 무척 잘 어울릴 것만 같았다. 나래는 방금 전까지만 해도 거슬렸던 주변의 소음과 교실 풍경이 흐릿해지고, 셋 주변의 선명도가 높아졌음을 느꼈다.

"여기 봐 봐! 같은 반 된 기념으로 사진 찍자."

그때 유림이 나래를 슬쩍 끌어당겼다. 나래는 셋이 담긴 화면 속에서 어떤 표정을 지으면 좋을지 몰라 눈을 감고 브이를 했다. 눈꺼풀 위로 닿는 공기가 따뜻했다.

잠시 후 등장한 담임선생님 남윤의 인상은 여러모로 강렬했다. 교탁까지 걸어오는 짧은 몇 초간, 목에 모양 없이 두른 폭 좁은 베이지색 쉬폰 스카프가 나풀거렸다. 담임은 이름과 담당하고 있는 영어 과목을 말한 뒤 잘 부탁한다는 것으로 자기소개를 마쳤다. 아이들은 이다음에 뭐가 더 있을 줄 알고 기다렸다가 저게 전부라는 것을 깨닫고는, 누군가 '와아~' 어설프게 환호하는 소리에 못 이겨 작게 박수를 쳤다. 짧은 자기소개도 그렇지만, 쇼트커트보다는 길고 단발머리보다는 살짝 짧은 기장에, 컬을 강하게 넣은 헤어스타일이 돋보였다. 아이들은 눈을 크게 뜬 채 옆자리 친구를 툭툭 치며 '담임 뭐야? 머리 뭐야?' 무언의 메시지를 주고받았다.

한눈에도 젊어 보이지만 그렇다고 언니라 느껴질 만큼 어리지는 않을 것 같았다. 자유롭고 깜찍한 헤어스타일과 달리 다소 건조하게 유지하는 표정을 아이들은 호기심으로, 또 은근한 긴장감으로 탐색했다. 뒷자리에 앉은 유림은 화나면 엄청 무서울 것 같다고 속삭였다.

하지만 나래는 첫날이라고 해서 아이들에게 지나치게 상냥하게 굴거나 잘 보이려 애쓰지도 않고, 첫날부터 기강을 잡겠다고 쓸데없이 무게 잡지도 않는 담임이 마음에 들었다. 그런 선생님은 보기 드물었고, 나래가 생각하기에 서로를 모르는 첫 만남에 딱 어울리는 온도였으니까.

사실 담임선생님이야 어떻든 나래는 고2를 가능하면 무탈하게, 편하게 보내고 싶었다. 요즘 들어 불쑥불쑥 올라오는 뜻 모를 짜증과 불편한 기분이 자신의 기본 감정이 된 것 같아 스스로 좀 의식하고 있던 참이었다. 이제 와 사춘기라는 핑계를 대기엔 창피할뿐더러 인정하고 싶지도 않지만, 일단 나래가 알고 있는 언어 중에 이 증상을 설명할 길은 당장 그것밖에 없었다. 그러니 누군가 나래를 사춘기라고 섣불리 알아차리기 전에 자신의 모난 부분이 도드라지지 않도록 다스려야 했다. 그런 의미에서 하루 중 가장 많은 시간을 보내는 학교에서 조심하며 지내고 싶었다.

아무리 오리엔테이션 같은 날이라고 해도, 딱히 할 말이 없으면 그냥 수업을 할 수도 있는데 담임은 의외로 아이들의 이어지는 질문 공세에 쳐낼 건 쳐내면서 적당히 성의껏 답했다. 다만 그 태도가 묘하게 심드렁하게 보일 뿐. 나래는 이제 선생님을 파악하기보다 반 아이들이 질문하는 태도를 통해 이 반의 난도를 살펴봤다. 특별히 골치 아플 일은 없어 보였다.

작년에 한번 보았거나 처음 보거나 하는 과목 선생님들과의 인사와 질문도 비슷한 패턴으로 반복됐다. 아직도 겨우 3교시가 끝났을 뿐이라니. 걷잡을 수 없이 졸음이 쏟아졌다. 나래는 이나에게 점심시간에 놀러 오라는 메시지를 보내고 소영과 함께 복도에 물을 뜨러 나갔다.

"신관은 곧 시끄러워지겠네. 넌 점심시간에 뭐 없어?"

동아리 이야기였다. 나래는 작년 이맘때를 떠올렸다. 개학 후 일주일이 지나기가 무섭게 2학년 선배들은 보름 동안 쉬는 시간이나 점심시간마다 1학년 교실을 돌아다니며 동아리 홍보에 열을 올렸다. 복도에는 과외 광고지 같은 A4 홍보물이 잔뜩 붙었고, 평소 선생님들 눈에 든 착실한 선배들이 속한 동아리는 우드락이며 포스터며 규격 이외의 장식물을 부착하는 것도 어느 정도 허용되는 유일한 시기였다.

그제야 나래는 자신이 뭔가 놓쳤음을 깨달았다. 유림과 소영에게 이나를 소개해 줘야 하는데⋯⋯. 학교에서 밴드부 윤이나를 모르는 애들은 없을 테니 이나에게 유림과 소영을 소개해 준다고 해야 맞겠지만. 아무튼 저 둘은 점심시간에 동아리 부원들을 만나 신입생 모집 회의 같은 걸 할 가능성이 컸다. 이나도 바쁜 것은 마찬가지일 테고.

넷의 만남이 당장 오늘이어야 할 필요는 없지만 나래는 김이 샜다. 작년에 자신은 수용 인원이 가장 많다는 체험활동 동아리(박물관 및 전시회 탐방, 지역 행사의 자원봉사나 조깅, 실제로는 산책에 가깝지만 쓰레기를 줍는 플로깅 등을 할 수 있다고 해서, 그러니까 몸으로 시간을 때울 수 있다기에)에 가입했다. 나래의 동아리에서 올해 1학년을 모집하는 데 투입될 주요 멤버들은 이미 한 무리가 정해져 있었다. 한마디로 나래 혼자서만 시간이 많아질 게 뻔했다.

'개학하자마자 점심시간이 좀 심심하려나.'

작년 이맘때의 풍경은 이랬다. 방송부, 드론부, 테니스부 등 대부분 중학교 때도 인기 있거나 한 번씩 기웃거려 봤던 동아리들 사이에서 단연 눈에 띈 것은 밴드부였다. 그리고 제각기 다른 중학교에서 올라와 서로 데면데면한 아이들은 직감적으로 알았다. 매년 한 명씩만 뽑는 밴드부의 새 보컬을 기다리는 일이 신학기에 좋은 흥밋거리가 되리란 것을.

이나가 정인고를 선택한 이유도 밴드부였기 때문에, 나래는 운동부 동아리처럼 매니저 자리라도 있으면 자신도 밴드부에 지원하면 좋겠지 싶었다. 물론 이나가 밴드부 오디션에 떨어질 가능성은 고려하지 않았다. 당연히 이나는 4년 만에 뽑힌 여성 보컬이 되었고, 그 결과에 딱히 놀라지 않은 것은 나래뿐이었다.

"나래야, 오늘 날씨 좋은데 이따 운동장이나 돌까? 양유는 방송부라 바쁠 거고."

소영이 자기는 도서부여서 별다른 준비가 필요하지 않다고 했다.

"어차피 할 거 없는 애들이 고민하다 마지막에 신청할 텐데, 뭐."

시큰둥한 말투였지만 정작 소영 자신은 책이 좋아서 도서부를 들었을 것이다. 나래는 앞선 쉬는 시간에 무언가 읽고 있는 소영을 그대로 두고, 유림과 사물함에 기대 수다를 떨었으니까. 언젠가 학원 근처 카페에서 가끔 소영을 마주칠 때면 오늘처럼 뭔가를 읽는 모습이었다는 것을 떠올렸더랬다.

나래의 기억에 유림은 맞장구를 치며 소영이 소설이라면 장르를 가리지 않고 좋아하는 편이라고 말했다. 알고 보니 관심 있는 작가들의 북토크나 사인회 같은 행사 소식을 찾아보고, 거리가 좀 있더라도 서울이나 수도권이면 꼭 신청해 훌쩍 다녀오는 대범함이 소영에게 있었다. 그 말을 전하는 유림은 자기가 더 신이 나서 증명하듯 소영의 인스타그램 팔로우 목록을 보여 주었다. 온갖 지역 서점과 나래로서는 알 길이 없는 작가들의 계정이 빠르게 지나갔다. 그러면서 "맞다, 우리 맞팔 아니지?" 하며 친근하게 나래의 아이디를 물어 왔을 때, 다음 수업을 알리는 종이 쳤다.

나래는 선생님이 칠판으로 몸을 돌린 틈을 타 유림의 피드를 짧게 훑어보았다. 유림은 인스타그램 헤비 유저였다. 게시물 개수도, 팔로워 수도 천 단위가 넘어가 있었다. 팔로잉은 그보다 많이 적었다. 프로 필엔 유튜브 링크가 연동돼 있었다. 당장 클릭은 안 했지만 아침부터 영상을 찍으며 클립을 모았던 걸 보면 브이로그겠거니 추측했다. 쭉 쭉 내려 보니 소영과 함께 찍은 사진이 제일 먼저 눈에 띄었다. 마침 소영이도 태그가 돼 있었는데, 비공개 계정이 아니었기에 나래는 소영 에게 팔로우를 걸었다.

곧장 화면 위로 'lax0502님이 회원님을 팔로우하기 시작했습니다.' 라는 알림이 떴다. 유림의 아이디에 비해 소영의 아이디는 지나치게 단순한 조합이었다. 피드는 언뜻 보기에 사진의 구도나 감성 따위는 별로 중요하게 생각하지 않는 듯했다. 그래도 개수가 적지 않은 걸 보 면 뭔가를 남기고 기록하는 것 자체에 재미를 느끼는 것 같았다. 가 장 최근 게시글은 책의 내지 사진이었다.

염탐 아닌 염탐이 길어지려는 순간 짝이 헛기침을 했다. 나래는 자 세를 고치는 척하며 재킷 주머니에 휴대폰을 넣었다. 곧 진동이 울 렸고, 혹시 이나가 보낸 메시지일까 궁금했지만 꺼내지 않았다. 문득 유림과 눈이 마주쳤을 때, 나래는 쉬는 시간에 소영에 대해서만 늘어 놓은 유림이 꼭 누군가에게 이나에 대해 말할 기회를 만난 자신과 비 슷하게 느껴졌다. 아니나 다를까, 유림이 웃으며 눈짓으로 가리킨 곳 을 따라가자 소영이 있었다. 복도와 맞닿아 있는 4분단 벽 쪽으로부 터 한 뼘 튀어나온 기둥 뒤에 작은 단행본을 세워 두고 시선을 고정 한 채.

그랬으면서 동아리 활동에 관심 없는 척하다니……. 물론 소영의 말은 진짜일 수 있다. 명색이 도서부인데 자기만큼 책을 좋아하는 친구가 없는 것에 대한 하소연처럼 들리긴 했지만. 아무려나 소영이 동아리 홍보 기간에 한가하다면 나래로서는 환영이었다. 이렇게 훅 거리가 좁혀지네. 오전 내내 기분 좋은 기시감이 이어지고 있었다.

"나 아까 유림이랑 인스타그램 맞팔 했는데 제일 최신 게시글에 네가 태그돼 있어서 팔로우했어."

"그런 것 같더라. 근데 난 열심히 하지는 않아서 딱히 볼 건 없을 거야."

"나도야. 그런데 너 아이디 무슨 뜻인지 물어봐도 돼?"

"별 뜻 없는데……. 일단 아이디는 책 제목."

"인생 소설, 뭐 그런 거야?"

"아니, 작년에 양유가 하도 인스타그램 좀 만들라고 해서 계정 팠던 날 산 책 제목이야."

"우아~ 나 아이디 이렇게 지은 사람은 처음 봐. 그럼 뒤에 붙은 숫자는?"

"뭘 것 같아? 맞춰 봐."

"이런 바이브라면 왠지 네 생일은 아닐 것 같고……. 설마 그 작가 생일?"

"괜찮은 접근이긴 한데 틀렸어. 그날 날짜야. 5월 2일이었거든."

"아……."

"너 속으로 이상하네, 했지?"

"아니거든! 어떤 책인지 물어보려고 했어. 외국 작가 소설이야?"

나래가 책에 관심을 보이자 소영이 반색을 하고선 작가 이름부터 시작해서 줄거리를 진지하게 요약하려 들었다. 다른 반에 들렀다가 돌아온 유림이 눈치 좀 챙기라며 끼어들지 않았다면 이번에는 꼼짝없이 책 얘기만 듣다 쉬는 시간이 끝날 뻔했다. 그건 그것대로 괜찮았겠지만.

✳

개학부터 이나는 바빠 보였다. 심화 학습 동아리나 학교생활 기록부에서 진로 적합성 등을 높일 수 있는 동아리라면 모를까, 밴드부원들은 고3이 되면 거의 모든 활동을 2학년에게 넘기고 손을 뗀다. 다른 동아리들도 상황은 비슷했다. 얼마간 즐기고 아껴 온 무언가에 소홀해지는 모습이야말로 2학년에겐 수험생의 시작처럼 보였다.

밴드부가 나래네 반과 마주 보고 있는 덕분에 그나마 이나와 점심시간에 잠깐 인사라도 할 수 있었다. 나래는 계획대로 소영과 유림을 소개했는데, 이나와는 나름대로 건너 건너 아는 얼굴들이 끼어 있는 사이였는지 아주 초면은 아닌 것 같았다. 간단한 인사를 나눈 뒤 이나는 금방 자리를 떴다. 나래는 예상처럼 화기애애한 분위기가 아니어서 괜한 짓을 한 걸까 걱정했지만, 소영과 유림은 이나의 존재에도 부재에도 무관하다는 듯, 금세 자기네 수다에 몰두했다.

소영의 짐작과 달리 유림은 방송부 홍보에 그다지 열정적이지 않아서, 셋은 잠깐 운동장을 돌 수 있었다. 3월 초치고는 내리쬐는 햇볕이 제법 부드러웠다. 한 걸음에 여섯 발걸음이 함께 움직이는 속도도 자연스럽게 맞춰졌다. 이런 흐름이라면 종례 때까지도 빙빙 걸을 수 있을 것 같았다.

교실에서와 달리 지금의 침묵이 편한 건 누구든 아무 말도 하고 싶지 않아서일까, 아니면 그냥 할 말이 없어서일까. 유림은 계속해서 휴대폰을 아래로 하고선 뭔가를 찍어 댔다. 화면 속에는 트랙을 도는 발들이 나란히 한 방향으로 움직이고 있었다. 갑자기 바람이 세게 불자 흙먼지가 일면서 공기 중으로 높이 흩어졌다. 유림은 포물선을 그리듯 두 손을 천천히 올리며 허공을 찍었다. 소영은 그런 유림을 힐끗 볼 뿐 거의 아무런 반응도 하지 않았는데, 무심하다기보다 나란히 걸으며 각자의 시간을 보내는 것이 편안한 쪽에 가까워 보였다. 아니면 유림의 촬영을 위해 일부러 저렇게 입을 다물고 음악만 듣는 걸까.

소영은 유림과 자기 사이에 나래가 함께하고 있다는 것을 막 깨달은 사람처럼 "아, 맞다!" 작게 중얼거리며 나래에게 자신이 한쪽만 끼고 있던 줄 이어폰의 반대쪽을 건넸다. 나래도 기다렸다는 듯 소영의 교복 깃을 따라 늘어져 있던 흰 선을 받아 들었다. 그리고 여전한 대화 없음. 그 틈으로 유림이 소영과 나래 뒤편으로 밀렸다. 그런 작은 타이밍들이 마침맞게 무대 동선을 바꾸듯 자연스러웠다.

소영의 플레이리스트는 생각보다 대중적이었다. 왜 소영은 마이너

하거나 힙한 장르의 음악을 들을 거라고 생각했을까. 소영에 대해 잘 알지도 못하면서, 왠지 유튜브의 'lo-fi' 채널처럼 노랫말이 없고 비트와 멜로디만 돋보이는 음악을 상상했더랬다. 하지만 점심시간에 방송부에서 틀어 주는 노래와 거의 흡사한 플레이리스트는 오히려 소영을 좀 더 친근하게 느끼게 했다. 그러다 익숙한 듯 낯선, 조금 튀는 노래가 들렸다. 해외 신보를 찾아 듣는 친구라면 익히 알 수도 있겠지만, 나래는 이나의 레슨 곡으로 먼저 알게 된 노래여서 신기하기도 하고 반가웠다.

"나도 이 노래 아는데……. 되게 빨리 들었네?"

"좋지? 이번 타이틀보다 더 마음에 들더라."

"어, 이나도 그렇게 말했는데."

"이나가 추천한 노래구나?"

"그렇다기보다는, 이나 레슨 곡이어서 같이 몇 번 들어 봤어."

"웬 레슨 곡? 윤이나 어디 연습생이야?"

"그건 아니고, 이나 실용음악 학원 다니고 있거든. 중학생 때부터."

"아~ 어디서 들었던 것 같다. 그냥 노래 좀 하는 정도가 아니었네. 멋지다!"

"나 중3 때 백아중으로 전학 와서 제일 먼저 친해진 게 이나였거든. 첫 짝꿍이 너무 멋져 버린 거지. 꿈이 막 보컬리스트래. 심지어 다니는 학원은 서울에 있고."

와르르 쏟아 내고 나니 노래는 어느새 클라이맥스에 치닫고 있었다. 소영이 볼륨을 살짝 줄이는 타이밍에 뒤에 있던 유림이 나래의 오른편에 다가와 팔짱을 꼈다.

"지금 이나래 약간 윤이나 입덕 썰 푸는 것 같은데? 근데 너 이 동네로 전학 왔던 거구나."

"양유, 엿듣고 있지만 말고 대화에 좀 껴."

"엿듣다니! 영상에 쓸 만한 게 있나 하고 크리에이터의 시선으로 지켜봤던 거지. 그런데 좀 사적인 얘기라 쓰긴 어렵겠네."

"그러세요. 암튼 열정이 있는 친구를 두는 건 피곤한 일이야."

소영이 과장하며 말했고, 나래는 웃으며 고개를 저었다. 자신은 농담으로라도 이나를 보며 그런 생각을 한 적이 없기 때문이다. 굳이 말하자면 이나의 열정은 나래를 작아지게 만드는 쪽에 가까웠다. 마음을 쏟을 만한 꿈이 없는 자신을 은근히 질책하게 만드는⋯⋯. 무엇이 되고 싶을까 열심히 골몰하다 보면 결국 '하고 싶은 게 없는 상태인 나'로 귀결되어 묘한 허탈감과 열패감이 일고는 했다.

물론 이런 말들을 하지는 않았다. 그저 소영이 유림을 '쓸데없이 애쓰는 친구'라고 장난스레 말하는 것보다 제 복잡한 마음이 더 별로인 것 같아 부끄러웠다. 서둘러 유림에게로 화제를 돌렸다.

"그런데 너처럼 편집 툴 다룰 줄 알면 좋지. 방송부도 하고 있으니까 대학 가면 방송 관련 알바 같은 것도 해 볼 수 있고."

"오, 나 대학 갈 수 있을 것처럼 보이나 봐? 땡큐. 근데 아직 정확히 뭘 해야겠다, 그런 목표 같은 건 없어. 당장 가고 싶은 과도 늘 바뀌는데, 뭐."

소영이 유림의 짓궂은 대답에 동의하며 웃다가 제법 진지하게 맞장구를 쳤다.

"솔직히 난 내가 할 수 있는 게 아예 없다는 느낌이 들기도 해."

"나도 그래서 이것저것 해 보려는 거야. 그러니까 나 면박 주지 마라, 문쏘."

"나처럼 너 유튜브 클립 모으는 거 도와주는 친구가 어디 있다고 그러냐."

"네, 정말 고맙습니다."

유림이 양손을 턱 밑으로 모아 잔망스럽게 손 하트를 만들자 소영이 기겁을 했다. 나래는 두 친구가 새 친구를 챙긴답시고 "나래는 어떤데?"라며 자신에게 대화 배턴을 넘겨주지 않아서 고마웠다. 다만 나래는 언제나 시간이 조금만 더 있기를 바랐다. 점심시간이든, 친구들의 기습 질문에 생각할 시간이든, 무언가를 처음부터 해 볼 시간이든. 그러면 어쩌면 자신도 하고 싶은 말이 생길 수도 있으니까. 모두에게 시간은 공평하게 주어진다는 것, 때로는 그 사실이 불공평하게 느껴지기도 한다.

"나는, 언제라도 내가 하고 싶은 게 생기면 그냥 한번 해 볼 수 있는 사람이면 좋겠어."

그래서 나래는 아무도 묻지 않은 이야기를 불쑥 뱉었다. 그러자 "나도, 나도!" 서로 다른 목소리가 경쾌하게 겹쳤다.

이윽고 구령대를 지나칠 때, 셋은 약속이라도 한 것처럼 동시에 오른쪽으로 몸을 돌려 트랙을 벗어났다. 나래는 이 장면이야말로 유림의 카메라에 담기는 것을 상상했다. 부드러운 이탈. 그러나 모두 함께 교실로 돌아갈 시간이었다.

＊

오늘은 이나의 레슨이 있는 날이기도 하다. 나래는 하교 후 신관 현관으로 곧장 향하는 계단참에서 소영, 유림과 인사한 뒤 모르는 얼굴들과 함께 우르르 구름다리를 건넜다. 본관 중앙 계단에서 자신을 기다리고 있던 이나를 만나 정문까지 함께 왔다.

"오늘 애들한테 팔불출처럼 네 얘기만 했잖아."

"소영이랑 유림이? 둘 다 진짜 재미있어 보이더라. 다음에 한번 같이 놀자."

"진짜? 아니 유림이가 마침 네 이번 레슨 곡을 듣고 있는 거야. 그게 뭐라고 되게 반가운 거 있지."

이러다간 정작 이나 앞에선 새 친구들의 팔불출이 될 것 같아 그쯤에서 멈췄다. 이제 겨우 하루를 보냈을 뿐이지만, 소영과 유림을 보면 우리가 생각난다는 말도 아꼈다. 그래도 아까 운동장에서 나눈 대화는 좀 좋았는데…… 이나와는 그런 이야기를 한 적이 있던가? 이 다음을, 미래를, 미래의 미래를. 하긴, 이나는 언제나 지금을 잘 쓰고 있지. 내일 같은 건 별로 궁금하지 않을 것이다. 오늘이 너무 중요해서. 이나의 오늘은 알아서 내일이 될 테니까.

이나가 버스 정류장에서 너무 오래 손을 흔드는 바람에 등을 돌릴
수가 없었다. 나래는 계속 비스듬히 뒤로 걸으며 언덕을 내려갔다.

트랙 1

리겔의 속도

정인고는 열 개 남짓한 주변 고등학교 중 유일하게 개교할 때부터 밴드부가 있었다(1대 교장 선생님 아들이 학창 시절부터 몰래몰래 그룹사운드 활동을 하다 부모님이 반대하자 가출하는 바람에, 자식이 돌아오길 바라는 마음으로 밴드부를 개설했다는 신파 같은 소문이 지금까지 내려오고 있다).

그래서였을까, 정인고는 예고도 아니면서 언제부턴가 예체능에 특화된 학교 이미지가 자리 잡기 시작했다. 학교 차원에서 예체능 계열 진로를 희망하는 학생들을 모아 특강을 진행하거나 내신 관리에 소홀하지 않도록 지도해 주는 것도 아닌데 그랬다. 오히려 비평준화 시절에는 소위 인서울 합격률이 낮다는 이유로 주민들에게 좀 노는 애들이 다니는 학교로 찍혀 버렸다. 학생들의 학업 성취도가 평균적으로 나빴을 뿐인데 갑자기 날라리 소굴 취급을 받게 되자 학교는 여러모로 당황했다.

 그러나 전화위복이라고 해야 할지, 연합고사에서 밀린 학생들은 오히려 기다렸다는 듯 정인고로 향했다. 개중에 공교롭게도 미술이나 음악으로 예대 합격 소식을 들려준 몇몇이 생기다 보니(물론 학부모들에겐 여전히 달갑지 않은 결과였다. 기술 대신 예술이라니……) 개천에서 용 나는 서사가 덧붙여지면서, 질풍노도의 학생들에게 정인고 입학은 곧 '폼이 나는' 이미지가 새로 씌워져 버렸다.

 그 와중에 은밀하게 제 진로를 탐색해 온 친구들한테는 정인고 입학을 선언하는 것이 부모님을 설득하는 어떤 단계처럼 여겨지곤 했다. 태권도 선수가, 애니메이터가, 래퍼가, 그 밖에 무엇이든 '좀 되어 보고자' 하는 친구들이 정인고를 찾기 시작했다. 뜻 모를 사기로 무장한 어린 학생들을 환영하기보다 무시로 일관하던 학교도 이쯤 되니 인문계 고등학교로서 이를 긍정적으로 활용할 만한 프로그램을 계획해야 하나 각성하려던 무렵, 고교 평준화 시대가 도래했다.

 정인고는 과거를 딛고 입시 경쟁력을 갖춘 학교가 되기 위해 재정비하기 시작했다. 물론 눈에 띄는 도약 같은 건 일어나지 않았다. 적당히 성실하고 적당히 평범한 학생들이 모여 제각기 다른 듯 비슷한 미래를 그리다가 한순간 지루해지고, 다시 뭔가 알 것 같을 즈음이면 역시 막막해지기를 반복했다. 그러다 자신은 원한 적 없는 때에 우르르 졸업하는 해가 반복되었다. 뭐, 정인고만의 사정은 아니었다. 다른 많은 학교의 학생 대부분이 그러하듯이. 어디까지나 표면적인 변화만 생겼다는 것이다.

　물론 개중엔 특출한 개인이 섞여 있기도 했겠지만, 정문에 걸린 현수막 속 이름만이 그 전부는 아니었을 것이다. 자기 안의 비범함은 알아보지 못한 채 여전히 방공호를 기대하듯 터벅터벅 등교하는 아이들, 그 아이들은 언제 자신이 궁금해질까?

　한편 나래로 말할 것 같으면 정인고를 교복이 예쁜 학교로 알고 있었다. 여학생 교복이 특히 예쁘기로 유명했기 때문이다. 시내에 나가면 중학교와 다를 바 없는 체크무늬 치마들의 향연이 펼쳐지는 가운데 밑단에만 넓게 물결 주름이 진한 정인고의 남색 플레어스커트는 가히 독보적이었다. 하복에도 넥타이 대신 큼지막한 리본을 달아 인근 여자 중학생들에게 어릴 적 즐겨 본 애니메이션 속 변신복을 연상케 했다. 지금에 와서는 우스운 생각이지만, 정인고 교복을 입은 언니들은 다른 학교 언니들보다 좀 더 특별한 일상을 사는 것처럼 보였다. 그래서인지 어른들이 할 말 없을 때 하는 말, 대학교가 무슨 만병통치약인 양, 대학교만 가면 삶이 더 근사해질 거란 힘없는 주문은 적어도 이 동네 여자 중학생들에게는 지척에 있는 정인고를 떠올리게 했을지도 모른다.

　하지만 나래가 정인고에 간 것은 이 학교에 밴드부가 있기 때문도, 교복이 예쁘기 때문도, 선망하는 선배가 있어서도 아니었다.

　"나래야, 나는 정인고 가려고."

　"정인고? 너 집에서 1분, 아니 뛰면 30초 컷으로 백아고가 있는데 왜 정인고를 가?"

"내가 유치원 때부터 백아동에 살았다고 말했지? 초등학교도 백아, 중학교도 백아. 그런데 고등학교까지 백아면 너무 재미없을 것 같아. 가면 죄다 아는 얼굴뿐일 텐데, 지겨워. 그리고 정인고는 밴드부가 있잖아."

고개를 흔드는 이나를 보면서 나래는 초조해졌다. 중3 때 백아중으로 전학 온 나래로서는 한 해뿐이었지만 나름대로 친해진 아이들 대부분이 진학하는 백아고를 가는 것이 안전한 선택이었다. 외고나 자사고 같은 특목고는 딴 세상 이야기였고, 더도 덜도 말고 그냥 딱 지금처럼 무난한 학교생활을 하기만을 바랐다. 사실 고등학생이 되는 데에 별다른 기대가 없다는 게 더 맞았다.

체육 시간에 고민 없이 짝지을 수 있는 친구까지는 아니어도, 점심시간에 묵묵히 함께 앉아 밥 먹을 친구 정도만 생겨도 좋을 것 같다는 마음으로 첫 등교를 한 게 엊그제 같은데 또 시작이라니. 지금이야 매일 등하굣길을 같이하는 것도 모자라 주말까지 함께 보내는 단짝이 생겼지만, 이나가 코앞에 학교를 두고 버스를 두 번이나 갈아타야 하는 정인고를 선택할 줄은 몰랐다.

나래는 간신히 적응했다고 생각한 오늘로부터 떨어져 나가 어딘가를 서성거릴 자신을 떠올렸다. 또 한 번 억지로 씩씩해져야 하는구나, 나래는 속으로 긴 숨을 쉬었다.

전학 오기 전만 해도 나래는 아침마다 이유 없이 배가 자주 아픈 아이였다. 그런 티를 내지 않기 위해 애쓰느라 진이 빠져 버리는 걸 다시 필사적으로 숨기던 무렵, 부모님의 별거가 확정됐다.

엄마를 따라 새 지역으로 이사 가는 날. 그날따라 차가 많이 막혔다. 조수석에 앉아 낯선 거리가 느리게 지나가는 것을 바라보는데 멀미가 났다. 꾸역꾸역 서로의 차선에 끼어드는 자동차들은 하나같이 뭔가를 참은 채 굴러가는 것 같았다. 이 길을 벗어나면 괜찮아질까? 하지만 나래에게 새 동네는 탈출구가 아니라 어떻게든 넘어서야 할 장애물처럼 느껴질 뿐이었다. 나래는 눈을 감고 속으로 되뇌었다.

'그냥, 뭐든 빨리 적응했으면 좋겠다.'

차차 엄마가 속도를 내는 것이 느껴졌다. 실눈을 뜨니 창밖엔 형체를 알아볼 수 없는 빗금 같은 풍경만이 빠르게 이어졌다. 나래는 이 편이 훨씬 더 안심되는 장면이라고 생각했다. 그리고 며칠 뒤, 나래는 이나의 옆자리에 앉았다.

수업 시간이 아닐 때도 이나는 대체로 나래의 옆을 함께했다. 4교시를 마치는 벨 소리가 울리기 전까지 괜히 긴장한 채 기다리던 점심시간도, 체육복으로 갈아입는 탈의실에서도, 과학실로 향하는 복도에서도. 그대로 고등학교까지 함께 올라와 한 번 더 운 좋게 같은 반이 되었고. 처음엔 이나를 만난 것이 작은 행운이라고 생각했는데, 나래는 곱씹을수록 제 삶에 이나가 안전 바 역할을 해 준 것 같아 고마웠다.

그러니까 이나가 좀 다른 내일을 위해, 또 밴드부가 필요해서 정인고를 1지망으로 써냈다면, 나래는 오리가 처음 보는 개체를 제 어미로 인식하듯 이나를 따라 정인고등학교를 적었다. 나래에게 중요한 건 어제와 다름없는 오늘을, 꼭 지금 누리는 정도의 행복과 안정을 간직하는 것이었으므로. 자신이 통제할 수 있고 감당할 수 있을 만큼의 현실 속에 머무는 것. 열일곱의 나래가 한 가지 바라는 게 있다면 언제나 그런 식의 현상 유지였다.

어서 봄이 오기를 기다리기보다는 봄이든 뭐든 나를 빨리 지나쳐 버리라고 심술이 나 있던 시절이 무색하게, 서늘한 복도를 걷는 나래의 발걸음이 가벼웠다. 실내화 끝으로 스며드는 한기도 한층 누그러져 있었다. 오늘은 음악 수업이 있는 날. 작은 공연장처럼 좌석마다 단차가 있는 음악실은 적어도 나래에겐 이 학교에서 유일하게 다른 세계 같았다. 나래가 가장 좋아하는 과목이지만 악기 연주나 가창 시험과 같은 실습이 있어야만 음악실로 갈 수 있어, 매번 누리지 못해 더욱 기다려지곤 했다. 이나와 함께 밴드부 연습실을 방문하느라 음악실을 스치는 게 아니라, 엉덩이를 붙이고 앉아 있는 시간. 누구의 눈치도 볼 필요 없이 그 한 자리만큼은 나래의 몫이었다.

음악 선생님이 녹색 암막 커튼을 걷으니 가려져 있던 햇빛이 그랜드 피아노에 부딪혀 솟아오르듯 반짝였다. 지문 하나 없이 매끈하게 닦인 피아노도 근사하지만, 나래는 피아노 위에 엷은 먼지가 쌓여서 티끌 하나하나가 빛을 받아 도드라지는 모습이 좋았다.

수업은 교가를 부르며 시작되었다. 선생님의 피아노 반주에 맞춰 학교와 멀리 떨어져 있는 산의 정기를 받으며 노래를 이어 가고 있는데, 어느새 나래의 목소리가 선생님만큼이나 커졌다. 애들은 보통 가성으로 자그맣게 부르거나 입 모양만 뻐끔거리는 경우가 많아서 나래의 우렁차고 매끄러운 가창은 금방 눈에 띄었다. 앞줄에 앉은 아이들이 "누구야?" 하면서 뒤를 돌아보기도 했다. 주변을 신경 쓰고 불렀다면 오히려 적당히 묻어갔을 텐데, 나래는 오랜만에 하는 음악 수업에 저도 모르게 신이 나서 힘을 준 것이다.

자리에 앉기 전에 유림이 과장되게 쌍엄지를 올렸다가 나래한테 손등을 찰싹 맞았다. 부끄러웠지만 나래는 내심 기분이 좋았다. 이후 첫 가창 곡을 연습할 때도 선생님이 나래를 보며 "더 크게!" 추임새를 넣었으므로, 놀리듯 감탄하던 유림과 소영도 옆에서 함께 목소리를 높여 주었다.

그러고 보니 합창이기는 했어도 두 친구 앞에서 노래를 부른 것은 처음이었다. 누군가에게 목소리를 '들려준다'고 느낀 것도, 누군가 내 목소리를 '듣고 있다'고 느낀 것도 새삼스럽게 도드라졌다. 그동안 어떤 과목 선생님과 이렇게 시선이 자꾸 마주쳤었나. 그렇게 의식될 때마다 가슴에서 전해지는 두근거림은 정확히 말로 설명할 수 없지만, 교실에서 갑자기 제 번호를 불렸을 때의 긴장과는 분명 달랐다.

그래서인지 올해는 음악실이 바로 코앞에 있는데 단 몇 걸음이면 다시 교실로 돌아가야 한다는 게 아쉬웠다. 딱 구름다리를 건널 만큼의 틈이 있어, 이 기분대로 잠깐만 흥얼거릴 수 있었으면……. 노래가 절로 나온다는 게 이런 건가 싶었다. 이나도 이런 기분으로 노래를 부르는 걸까?

아, 생각났다! 이나의 기분이 아닌, 나래의 기억이다.

백아중으로 전학 오기 전, 첫 번째 중학교에서 몇 번 가창 곡을 시연한 적이 있다. 독특한 음악 선생님으로 기억한다. 자신처럼 훈련된 성악인이 아닌 또래의 목소리로 노래를 들어야 아이들의 수업 집중도가 더 높아진다고 생각하는 주의였는데, 나래로서는 조금 근무 태만이 아닌가 싶을 때도 있었다. 그러나 보면대 앞에 선생님이 있는 것보다야 제 친구가 서 있는 편이 아이들로서는 더 흥미로운 그림이긴 했을 것이다.

하루는 선생님이 노래를 부르는 즐거움은 듣는 즐거움이 선행되어야 한다며 별안간 나래를 추켜세웠다. 그렇게 포장하기에는 그날 선생님이 감기에 걸린 상태였다는 게 웃긴 지점이었지만. 물론 그런 노골적인 빈틈이 있어서 아이들도, 나래도 음악 선생님을 좋아하기는 했다.

선생님이 하필 자신을 꼭 집은 것도 그때는 운이 나쁘다고 생각했다. 그러나 돌이켜 보면 자신도 딱히 완강히 거절하지 않고 으레 해야 할 일을 하듯 가창 곡을 불렀다는 것이 떠올랐다. 심지어 누군가 '그냥 유튜브에서 원곡 틀면 되지 않아?'라고 말하면 어떡하지, 조마조마했던 작은 마음까지도 한순간 생생해져 버렸다. 잘 부르고 싶었다. 선생님은 어떻게 알고 있었을까? '오늘의 초대 가수!'라는 짓궂은 칭찬에도, 예고 없는 부름에도 나래가 체념한 표정을 지을지언정 기꺼이 잘 부르리란 것을.

맞아. 그 순간 나래를 얼어붙게 한 생각은 '뭐야, 싫은데.'가 아니라, '잘 불러야 하는데.'였으니까.

설명할 수 없이 차오르는 마음으로 일과를 보냈다. 그런 나래를 두 친구들은 저들 손바닥에 놓고 굴리기 바빴다.

"야, 이나래. 언제 한번 이나랑 노래방 가자는 말이 그렇게 신나?"

"완전 사랑꾼!"

"문쏘 너도 나래가 이나한테 하는 반만큼 나한테 좀 해라!"

"웃겨. 이나랑 친하지도 않으면서 감히 나래의 이나를 언급해? 나래야, 애 좀 봐!"

참다못한 나래가 한마디 내질렀다.

"다 꺼져."

"이것 봐, 역시 우리한텐 뭔가 달라!"

✳

본관으로 넘어가는 동안 나래는 슬리퍼를 딱딱 소리 나게 끌었다. 일부러 그런 건 아니었다. 7교시가 끝나고, 방과 후 수업이 한창인 오후 4시 30분의 복도는 한산했다. 유리 바닥을 때리는 발소리가 나래의 귀에도 제법 따갑게 들렸지만 좀처럼 발에 힘이 들어가지 않았다.

오늘따라 이나의 반이 멀게만 느껴졌다.

생활 기록부 업데이트를 위한 기초 조사서 작성 기간이 끝나고, 진로 계획서를 제출해야 하는데 그만 잊어버린 것이다. 나래는 숙제나 과제 제출에 연연하는 편은 아니었다. 선생님도 새 종이를 나눠 주면서 정말로 깜빡한 사람이라면 지금 써도 된다고 말했다. 나래는 다만 그런 자격이나 조건 앞에서는 멈칫하게 됐다.

"이날! 왜 이렇게 늦었어어어!"

뒷문에 기대 서 있던 이나가 발치에 내려 둔 가방을 메면서 장난스레 말꼬리를 늘였다. 나래는 그제야 피식 웃었다. 이나는 나래 이름의 앞 두 글자를 따서 '이날'이라고 줄여 부르는 걸 좋아했다. 이날이라고 부르면 꼭 자기 이름을 부르는 것 같다나 뭐라나. 한번은 나래의 생일에 '이날에게'라고 시작하는 편지를 쓰면서, 꼭 자신에게도 안부를 묻는 것 같다고 덧붙인 적도 있다. 이나는 그런 낯간지러운 말을 아무렇지도 않게 하곤 했다. 모든 게 표정에 즉각 드러나는 저와 달리 시간을 들여 진심을 진하게 전할 줄 아는 이나가 나래는 좋았다. 가끔 오글거린다는 주위의 핀잔에도 어깨를 으쓱하고 마는 이나의 태도는 더 좋았고.

이나가 나래를 이날이라고 부르는 순간은 이나의 기분이 아주 좋거나 나래의 기분이 아주 안 좋아 보일 때이다. 그리고 지금은 그 후자 때문이라는 걸, 나래는 알고 있다. 더욱이 오늘은 이나의 보컬 레슨이 없는 날 중 하루인 화요일. 쉬는 날의 분위기를 망치고 싶지 않았다. 저녁엔 나래의 영어 학원 스케줄이 있지만 학교 후문, 공공 자전거 대여소 근처에 오픈했다는 카페에서 크로플을 먹고 노래방에서 두 시간 정도 놀 일정으로 부족하지 않은 오후일 것이다.

크로플은 소문만큼 예뻤고, 소문보다 맛있지는 않았다. 나래와 이나는 후문을 지나쳐 둘의 단골 노래방으로 향했다.

"개학하고는 처음 아니야?"

"그러니까. 할머니가 반가워하시겠다."

"그러다 저번처럼 네 시간 하고 막……. 그날 진짜 레전드였는데."

"안 돼. 너 이따 학원 가잖아."

"아~ 이나래랑 뭐 부를지 미리 봐 둬야지이."

시시덕거리던 둘 사이에 잠시 대화가 끊겼고, 플레이리스트를 훑는 것 같던 이나가 나눠 낀 이어폰의 볼륨을 줄이더니 말을 걸었다.

"이날, 오늘 왜 저기압인지 말 안 해 줄 거야?"

나래의 얼굴이 홧홧하게 달아올랐다. 결국 숨기고 싶었던 건 안 좋은 기분보다는, 누군가 내 속을 제대로 알아줬으면 하는 얄팍한 마음이었는지 모른다. 하지만 나래는 기다렸다는 듯 입을 뗐다.

"그때 말한 진로 계획서 있잖아, 오늘까지였는데 하나도 못 썼거든. 나에 대해 아무런 할 말이 없었어. 그거 되게 바보 같은 기분이더라."

유림은 '아동청소년시설 보호사-아동학과·청소년지도학과'를, 소영은 '도서관 사서-문헌정보학과'를 짝지어 지망했다. 유림의 것은 뜻밖이었으나 그 자리에서 하나하나 물어볼 마음도 일지 않았다. 소영은 처음엔 '직장인-합격하는 학과'라고 썼다가 선생님한테 한 소리를 듣고 새로 고친 내용이기는 했다(소영은 무엇이 잘못되었느냐며 억울해했지만). 그리고 나래는, 머릿속이 새하얘져서 선생님에게 시간을 달라고 요청하고 말았다.

마냥 미루고 싶은 마음 때문이 아니었다. 나래가 낸 용기이자, 스스로에 대한 약속이었다. 시간을 주면 미래에 자신이 하고 싶은 것을 찾아내겠다고, 자기 안의 좋아하는 마음을 발견하겠다고. 하지만 특별히 얻은 일주일의 시간으로는 영 무리였고, 얼만큼의 시간이 주어져야 하는지도 미지수였다. 결국 시간을 들인 결과, 자신이 바보라는 것을 인정하는 일만 남아 있는 것 같았다.

이나는 잠자코 듣더니 말했다.

"그게 왜 바보야? 학교에서 뭔가 시켰을 때, 잠깐 생각 좀 하게 기다려 달라고 하는 사람 봤어?"

없겠지. 무엇보다 그런 말은 지금 나래를 달래 주는 이나가 가장 하지 않을 법한 말이다. 시도해 보려고 한 적은 있을까? 하긴, 나래도 얼결에 나온 말이었으니.

이나가 중학교 때부터 매주 월요일과 금요일, 서울로 실용음악 학원을 다닌 지도 벌써 4년째다. 학교 수업은 꾀병으로 빠진 적이 있어도 학원만큼은 심한 몸살이 걸리지 않는 이상 웬만하면 빠지는 법이 없었다.

"늦잠 푹 자고 점심 종 칠 때쯤 일어나면 학원 갈 기운은 남아 있더라고."

이나가 그 말을 했을 때, 나래는 부러웠다.

나래도 학교에 가기 싫으면 안 갈 수는 있었다. 엄마는 뭐든 나래에게 맡기는 편이었고, 그래서 나래는 오히려 길을 잃는 기분이 들곤 했다. 한낮을 맘껏 게으르게 뒹굴다 문득 정신을 차려 보면 그냥 텅 빈 하루를 보낸 것 같았다. 스스로 내버려진 느낌. 내 뜻대로 흘러가지만 내 것은 아닌 듯한 하루.

종종 느껴지던 공허한 마음이 아직 채우지 못한 계획서 앞에서 다시 고개를 내밀었다. 아무 답도 적지 않았는데 '꿈이 없다는 것', 이것이 내가 구한 정답이라는 듯. 이 답엔 동그라미도, 빗금도 그어질 수가 없다. 그리고 나래는 망친 시험지를 구기는 일이 별로 좋은 선택이 아니라는 것을 안다. 울퉁불퉁하게 말린 종이는 예기치 못한 순간에 툭 튀어나와 당황스럽게 만드니까. 그러므로 나래는 반대를 택했다. 반듯하게, 최대한 납작하게 접어서 잘 숨겨 둬야지.

"정말 '꿈은 없고요, 그냥 놀고 싶습니다.'라고 쓰고 싶었다니까. 근데 내가 달라고 한 시간이니까 뭐든 써내야지."

덩달아 심각해져 있던 이나는 나래의 농담에 안심한 표정을 지으며 너스레를 떨었다.

"생각할수록 열 받네. 왜 맨날 우리만 학교를 따라가야 해? 학교가 우리도 좀 기다려 주고 그래라!"

나래는 이나가 제 고민의 끝에 '우리'라는 울타리를 세워 준 게 고마웠다. 평소 이나의 다정한 말투이기도 했지만 유독 오늘에 알맞은 위로를 꼭 붙잡고 싶어서 괜히 장난을 쳤다.

"오, 우리…… 라고 했다."

"또 나만 오버했지. 짜증 나, 이날!"

노래방에서 나래와 이나는 두 시간 하고도 30분을 더 부르다 나왔다. 이나와 공원 정자에 앉아 마치 노래방 서비스를 기다리듯 시계를 확인하며 10분만 더, 5분만 더 하며 수다를 떨다 헤어졌다. 목은 잔뜩 칼칼해지고 눅진한 피곤이 달라붙어 학원에서 졸지는 않을까 걱정도 됐다. 하지만 나래는 며칠 적응되지 않던 감정을 잠시 잊은 것만으로도 마음이 가벼워졌다. 3월은 확실히 봄이라기엔 일렀지만 찌를 듯 날카롭던 저녁 공기도 뭉툭해져 그대로 맞아도 따갑지 않았다.

그날 저녁, 나래는 '별자리, 성좌'라는 뜻을 가진 'constellation'이라는 단어를 외웠다. 모의고사 지문을 풀며 해석한 내용이 인상 깊어 오답 노트까지 정성스럽게 만들어 두었다.

> 큰개자리Canis Major의 별자리에 있는 시리우스Sirius는 오리온Orion의 리겔Rigel보다 훨씬 밝게 보인다. 하지만 리겔은 실제로 시리우스보다 수천 배 더 밝다. 시리우스가 우리에게서 단지 몇 광년 떨어져 있는 반면, 리겔은 멀리

1000광년 이상 떨어져 있어서 시리우스가 더 희게 보인다. 우리는 육안으로 볼 때 별의 밝기를 '등급 척도'라고 불리는 척도로 측정한다.

'시리우스가 우리에게서 단지 몇 광년 떨어져 있는 반면, 리겔은 멀리 1000광년 이상 떨어져 있어서 시리우스가 더 희게 보인다.'

나래는 이 문장 위로 파스텔 톤의 하늘색 형광펜을 그었다. 자신의 내일은 리겔의 속도로 오고 있는지도 모른다고 믿으면서. 나래는 아주 멀리서, 그러나 분명한 빛을 내며 다가오고 있을 제 미래를 상상해 보았다. 어두웠던 마음 어딘가에서 소금 같은 별이 흩뿌려지는 것 같았다.

집에 와서 오답 노트를 제자리에 꽂아 두고도 왠지 들뜬 마음에 얼마간 책장을 멍하니 바라보았다. 그러다 구석에서 책등 색이 예쁜 양장 노트를 발견했다. 이나와 중3 여름방학 때 함께 산 만년 다이어리인데 얼마 못 쓰고 내버려 둔 것이었다. 얼마 못 가 귀찮아서 안 쓸게 뻔하다고 거절하는 나래에게 이나는 언제든 날짜를 적고 처음부터 시작할 수 있다고 꼬드겼지. 이나의 일기장은 얼마나 두툼해졌으려나? 레슨 곡의 가사지를 깜지인가 헷갈릴 정도로 해석하는 이나라면, 일기장도 빼곡하게 채우고 있을 테다.

간헐적으로 쓴 일기는 아나나 다를까 열여섯 살의 크리스마스에 멈춰 있었다. 처음으로 이나의 버스킹 공연을 관람한 날이었다. 하나둘씩 모였다 사라지는 낯선 사람들을 두리번거리며 '나만 온 거야?' 당황하는 나래에게 '너만 물어봤잖아.'라고 답했던 이나. 그리고 이나의 노랫말을 따라 부르며 입김이 흩어질 틈 없이 응원하던 저녁.

이나는 학급의 모두와 두루 친했지만 뚜렷하게 무리 지어 노는 아이는 아니었다. 아이들이 하교 후 학원으로 몰려다닐 때 혼자 빨간색 광역버스에 올라탔기 때문인 것 같았다. 그래서인지 나래는 이상하게 이나에게 다가가는 것이 어렵지 않았다. 이나는 모두와 함께 있으면서도 누구와도 함께 있지 않은 것 같아서. 게다가 나래는 짝꿍이니까, 한 뼘 거리 안에 있는 이나를 수시로 들여다보았다. 이나의 가사지 위에 적힌 제목을 기억해 두었다가 제 플레이리스트에 추가하고 유심히 들어 본 뒤 다시 제 취향인 것들을 골라내었다.

"이 노래 좋던데! 저번 레슨 곡보다 좋은 듯."

"그런데 부르기 싫은 노래도 연습해야 하잖아. 그럴 땐 어때?"

쉬는 시간에도 한쪽 귀에는 이어폰을 꽂은 채로 필사하듯 노래를 카피*하고 있는 이나가 나래는 알수록 신기했다. 나래의 세계에서 처음으로 만난, 이미 무언가 되어 가고 있던 애.

"혹시 나중에 공연 같은 거 하면 나한테도 알려 줄 수 있어?"

후에 알았지만 이나에게 대뜸 노래해 보라거나 노래를 얼마나 잘하

---

*카피copy: 노래를 부른 가수의 특색을 복사하듯 가사지 위에 기록하는 것. 멜로디와 목소리의 분위기, 박자와 강세, 가사의 발음 등이 주로 적힌다.

는지 확인해 보려는 애들은 있었어도, 이나의 카피를 신기해하고 이나의 무대를 보고 싶다고 말한 친구는 없었단다. 그러니까 이나의 세계에서도 나래 같은 친구는 처음이었다. 자신은 별로 들키고 싶어 하지 않는 것 같은데 의외의 호기심이 있는 애. 아주 숨기지는 못하는 명랑함으로 남의 외로움을 자기도 모르게 덮어 주는 애. 그리고 틀림없이 누군가 그래 주기를 먼저 기대했을 애. 이나는 투명한 나래가, 잘 읽히는 나래가 알수록 편했다.

나래는 일기장을 다시 맨 앞으로 펼쳤다.

반 애들이 이나와 나를 '윤이나래'라고 세트처럼 부르기 시작했다. 그리고 이나는 오늘도 노래방 첫 곡을 나한테 양보했다. 노래가 끝나면 늘 "역시, 이나래! 오늘 컨디션 좋은 것 봐." 추임새를 넣으며 그제야 제 곡을 하나씩 예약한다.

맞다. 이게 우리의 첫 루틴이었지. 며칠 전에도 고스란히 재현됐다. 룰, 습관, 이런 수식을 군이 붙일 필요 없이 계속 이어지고 더해지는 모습들. 이제는 이나가 넘겨주기 전에 나래가 자연스레 먼저 리모컨을 집고 있지만, 나래는 일기장에 적혀 있지 않은 시작을 기억하고 있었다.

왜 내가 먼저 부르냐고 부끄러워하자, "나는 여기가 아니면 네 노래를 들을 일이 없잖아. 당연히 네가 더 많이 불러 줘야지!"라며 신청 곡까지 읊던 이나였다. 그 순간 나래를 작게 간지럽히던 어떤 마음이 있었는데…….

나래는 문득 실마리를 찾은 기분이었다. 일기장 끝에 빈 장을 펼치고는 한 글자씩 눌러썼다.

나도 노래를 해야겠다.
이나처럼.
아니, 이나랑 같이.

명백하게 열린 열여덟 살의 문턱에서 들려오는 목소리가 나래의 마음에 잔물결을 만들어 냈다.

트랙 2
노래 발언권

이나야, 나도 노래 한번 해 볼까?

아니다. 휴대폰 자판에서 물음표를 탭하기가 무섭게 메시지가 뒤에서부터 쭈욱 지워졌다. 이건 자칫하면 '노래나' 한번 해 보겠다는 뉘앙스처럼 보일 것이다. 나래는 예체능 계열로 진로를 정한 애들에게 이따금씩 농담이랍시고 '아, 나도 미술이나 할걸.'이라고 말하는 부류를 이해할 수 없었다. 고만고만하게 막막해서 고만고만하게 게으른 또래들 틈에 누군가의 노력이나 성취는 조금만 도드라져도 쉽게 돋보였고, 그것은 때로는 동경과 부러움의 대상이었으나 종종 비아냥거림의 표적이 되기도 했다. 타인을 쉽게 평가해 버리는 것으로 자신의 좁고 얕은 세계를 감추는 아이들. 그러니 나래는 자신이 충분히 조심스러워야 한다고 느끼면서 다시 두 엄지를 움직였다.

이나야. 나도 노래해 보고 싶어.

전송 버튼을 누르자마자 가슴이 세차게 뛰었다. '삭제' 버튼을 눌러 이나가 아직 읽지 않은 말을 서둘러 주워 담고 싶었지만 참았다. 왠지 그러고 싶지 않았다. 어차피 메시지를 지웠다는 흔적이 남는다는 점에서 한 번 뱉어진 말은 어떻게 해도 주워 담을 수가 없다. 수정 테이프처럼 결국 덧대는 것만 가능할 뿐이다. 이왕 저질러 버린 김에, 나래는 이 마음에 좀 더 확신하고 싶어서 메시지 하나를 더 보냈다.

너랑 같이 학원 다녀도 돼?

메시지 옆 1이 사라질 때까지 태연히 기다릴 자신이 없어 이나와의 대화창을 잠시 무음으로 돌려놓고, 침대에 누워 유튜브 플레이리스트들을 탐색했다. 베프에게 메시지 두 개를 쓰는 게 이렇게 피곤한 일인가. 나래는 좀 더 편안한 자세로 몸을 말았다.

"얘는, 불도 안 끄고 자니?"

아득한 잠기운 속에서 불현듯 엄마의 목소리가 들렸다. 딸칵, 암전되는 순간 나래는 번쩍 눈을 떴다. 잠들었구나. 실눈을 뜨고 휴대폰 화면 밝기를 낮춘 뒤 나래는 메시지를 확인했다. 이나의 이름 옆에 숫자 4가 떠 있었는데 화면에 보이는 마지막 메시지가 '그래, 응, 좋아!' 같은 말은 아니었다.

이구아나♥ 진짜? 오전 12:04

이구아나♥ 나야 같이하면 좋지! 언제부터? 오전 12:04

이구아나♥ 힝, 전화 왜 안 받냐ㅠㅠ 오전 12:04

이구아나♥ 내 허락이 필요한 일은 하나도 없어.

잘 자고 내일 봐!!!! 오전 12:04

다음 날 아침, 나래는 이나를 만나러 가는 길에 '허락'에 대해 생각하다가 이나가 자기에게 그러라고 해 주길 바랐다는 걸 깨달았다. 꿈이라고 말하는 건 너무 거창하지만, 나래는 인정해야 했다. 매년 되고 싶은 것이 바뀌던 초등학교 때 이후로 무언가 해 보고 싶다는 마음이 솟아난 건 어젯밤이 처음이라는 것을. 그러니까 이건 꿈까지는 아니야, 하며 애써 도망갈 구실을 만든다 한들 나래 자신에게는 굉장히 의미 있는 시간이 되리란 것을 말이다. 그 출발점은 물론 이나로부터 비롯된 것이었다. 그래서 나래에겐 이나의 의견이 중요했다. 어쩌면 자신의 의지보다 더.

이나가 점점 가까워지니 괜히 속이 울렁거렸다. 애매하게 웃는 표정이 드러날까, 이나는 평소보다 힘주어 나래의 팔에 제 팔을 끼웠다.

"왜, 뭐. 뭐?"

"뭐가? 나 아무 말도 안 했는데?"

"아니……. 혹시 놀랐어? 내가 갑자기 노래하고 싶다고 해서."

"뭔 소리야. 카톡 안 봤어? 당연히 좋지."

"그래도 솔직히 새삼스럽잖아. 우리 거의 매일 노래방도 가고, 점심 시간엔 구령대에서 아이스크림 먹으면서도 부르고."

"너도 알지? 그거랑 이거랑은 전혀 다른 거?"

이나는 단호했다. 거기에는 간밤의 나래가 단호했으리란 믿음, 그게 아니라면 이제부터 그래야 한다는 신호가 담겨 있었다.

"알지……. 그냥 이렇게 충동적으로 시작해도 되는 건지 걱정이 좀 돼서."

"뭐 어때, 그럴 수도 있지. 원래 하고 싶은 마음은 좀 갑자기 나타나는 거 아냐?"

그치. 이나는 계속 맞는 말만 했다. 그런데 거기에 나래가 듣고 싶은 말은 없었다.

"그런데 너는 왜 갑자기 노래가 하고 싶어졌냐고 나한테 안 물어볼 거야?"

"그건 이미 할 마음을 먹은, 이유를 갖고 있는 사람이 먼저 말해 줘야지."

"이미 말했거든! 너랑 같이하고 싶다고."

물론 이것뿐만은 아니었지만, 나래를 한 번씩 벅차오르게 했던 순간을 여기서 하나하나 다 이야기하기엔 부끄러웠다. 이나는 계속 맞는 말만 했다.

"그래! 이미 말도 했네. 뭐가 문제야?"

이나는 이 말을 뱉고 크게 웃음을 터트렸다. 이나와는 아웅다웅할 때조차 티키타카가 너무 잘 돼서 문제였다. 괜히 참고 싶었지만 나래도 결국 따라 웃게 되었다. 이나는 '왜'나 '어떻게'는 하나도 안 중요하다고 말했다. '언제' 그런 생각이 들었는지가 더 중요하다고 했다. 나래가 말하지 않은 지점들을 찌르는 말이었다. 그러면서 혹시나 하는 마음에 덧붙인다는 말투로 말했다.

"언제가 중요한 건, 빠르거나 늦거나를 따지기 위한 게 아니라 그런 마음이 들었을 때를 놓치지 않기 위해서야."

이나의 그 '언제', 그러니까 시작에 대해서는 예전에 들은 적 있다. 어머니의 혜안으로 한 방송국의 어린이 합창단 생활을 하며 유년을 보낸 이나는 자라는 동안 어쩌다 한 번씩 TV에 소환되곤 했다. 같은 기수의 단원들 중 배우나 아이돌이 된 멤버의 어린 시절 자료 한 귀퉁이에, 이나가 있었다. 물론 이나만 자기 자신을 알아볼 수 있었다. 모자이크가 된 사진 속에서도 이나는 자신이 보였다고 했다. 그렇게 얼마간 캡처나 짧은 영상이 트위터나 커뮤니티 등에서 떠돌 때마다 이나는 심장이 쿵쾅거렸다고.

"아무리 어렸을 때라도 멋대로 내 얼굴이 돌아다니는 건 싫겠다."

"그것도 그렇고. 뭔가, 남의 시작에 내가 끼어 있는 게 싫었다고 해야 하나. 마치 내 시작도 저기였다고 말하는 것 같아서 불편했던 것 같아. 꼬인 거지, 뭐."

"에이, 그건 그냥 어렸을 때 자랑할 만한 추억이지. 거기 있던 애들은 그럼 다 가수가 꿈이었게? 다 부모님들 따라온 거지."

"그래서 온전히 내가 선택한 시작을, 가능하면 빨리 만들고 싶었어. 결국 노래가 되긴 했지만."

"그러니까. 이제 와 돌이켜 보면 완전 운명 아니야?"

"만약 내가 더 기다렸다면 전혀 다른 걸 꿈꿨을 수도 있지. 아님 계속 고민하고 있을지도 모르고."

하지만 지금의 나래로서는 자신이 몰랐던 시절의 이나가 냈던 조급함이 다행이고 고마울 수밖에.

그런데 이나는 언제, 시작하던 마음에 대해 생각한 걸까? 내 시작은 나한테 시간이 흘러도 아쉽지 않은 시작일까? 궁금한 게 많아진다는 건 혼자서는 대답할 수 없기 때문이겠지?

각자의 교실로 돌아간 후, 이나는 자신이 다니는 실용음악 학원의 지도를 보냈다. 나래가 기다린 응원도 잊지 않았다.

이구아나♥ 나래야 나한텐 아무것도 설명하지 않아도 돼.

이구아나♥ 지금 넌 뭔가 하고 싶어졌다는 마음을 잘 지키면 돼.

이구아나♥ 너가 그렇게 하고 싶어질 때까지.

나래는 메시지 안에서 자신의 동의를 구하듯 눈썹을 추켜올리고 있을 이나가 그려졌다. 나래는 이나의 조언이 결국 어젯밤 나래 자신이 바랐던 허락에 대한 대답이나 다름없다고, 어쩌면 그보다 더 멋진 응답이라고 해석했다.

꿈처럼 다가와서 부끄러웠다. 싱

종례 후 나래는 담임을 찾아가 진로 계획서를 제출했다. 개학 후 보름 넘게 비워져 있던 나래의 진로 계획서에는 싱어송라이터가 채워져 있었다.

"나래가 노래를 잘했구나. 멋지다! 싱어송라이터면 작곡도 해야 하는 거 아니야? 그럼 학원 같은 데 다니고 있니?

"아, 아뇨. 아직요⋯⋯."

나래의 목소리가 작아졌다. 사실 깊게 생각하지 않았다. 다만 '가수'라는 말이 나래에게 너무 선명한 꿈처럼 다가와서 부끄러웠다. 싱어송라이터는 되레 먼 꿈 같아서, 꿈꾸기에 오히려 적당하게 느껴졌는데. 물론 그렇게 말할 수는 없었다. 나래가 어색하게 웃자 담임이 이를 잘못 해석하고는 자신의 말을 주워 담았다.

"선생님은 일단 뭘 한다고 하면 학원부터 찾는 게 너무 익숙해서 그래. 독학할 수도 있는 건데."

나래는 더욱더 할 말이 없어져 입을 다물었고, 담임도 별다른 말을 얹지 않았다. 학교생활 기록부 내역 중 장래 희망은 공식적으로 더 이상 대입에 반영되는 항목은 아니었다. 다만 '학생의 성장과 발전을 알아보기 위한 명목하에 진행되는 진로 탐구 활동'은 반영된다는 애매모호함을 걱정하면서, 현재의 동아리 활동을 좀 더 예체능 기량을 보일 수 있는 것으로 바꾸면 어떨지 조언할 뿐이었다.

담임과의 면담을 무사히 통과하면 신날 줄 알았는데 그렇지만도 않았다. 그저 서류 위에 쓰인 글씨뿐이라는 걸 알지만 장래희망이 이렇게 쉽게 정해지다니. 나래는 1학년 학교생활 기록부에 장난처럼 '카페 사장'이라고 쓰면서 진심이라고 우긴 자신이 떠올랐다. 그리고 지금은 싱어송라이터. 여기엔 농담도, 걱정도 없다. 예상하지 못한 부담만 따라올 뿐.

고생했다는 담임의 인사에도 나래가 머뭇거리자 담임이 물었다.

"왜, 뭐 물어볼 것 있어?"

"저…… 장래 희망이 이렇게 엉뚱하게 바뀌어도 될까요? 좀 이상한 애처럼 보일 것 같아요."

나래는 담임의 웃음에서 '이제 와서?'를 읽었다. 아, 창피해.

"일관성 있는 기록이 대입에 유리할 수도 있겠지. 그런데 나래는 지금 입학 사정관한테 어떻게 보일지 생각하기보다 자기 자신한테 확신이 필요한 것 같은데?"

교무실을 나오면서 나래는 인정해야 했다. 종일 나래를 사로잡았던 벅찬 기분은 온데간데없이 사라지고 말았다는 것을. 꿈이 대학 진학을 위해 그럴듯한 수단처럼 취급당하는 것에 주변 친구들은 초연한 듯 냉소했다. 하지만 나래는 원래 대학 합격을 위해 꿈을 점치는 수순에 아무런 거리낌이 없었다. 불안했지만 여유 있는 체를 하며 1학년을 보냈고, 2학년도 그러할 수 있을 거란 기대가 오산이었다는 것을 깨달았을 무렵, 갑자기 노래를 발견했을 뿐이다. 나래는 아까 점심시간에 진로 계획서를 채우면서 이것도 당장은 이나와 함께 학원에 다니기 위해 필요한 장치라는 생각이 스친 것을 떠올렸다. 만약 담임이 "왜 가수가 되고 싶니?"라고 물어봤다면 어땠을까. 그땐 이나에게도 말하지 못했던 것들을 풀어놓을 수 있었을까.

나래는 이어폰을 꼈다. 노래는 생각을 지워 주니까.

"너 생기부에 장래 희망 뭐라고 썼어?"

"몰라. 엄마가 교사라고 쓰라는데? 오늘 대청소 잘하면 그것도 스펙이 되나?"

낄낄거리며 나래를 스쳐 지나가는 1학년들의 대화가 이어폰 너머로 흘러들어 왔다. 나래는 볼륨을 높이고 계단을 한 번에 두 칸씩 성큼성큼 올라갔다.

이나는 나래에게 큰소리로 파이팅을 외친 뒤 서울 가는 버스에 올라탔다. 나래도 손을 휘휘 흔들었다. 다음 순서는 엄마였다. 엄마에게 부탁이나 요구를 했던 적이 언제였더라. 나래는 자신에게든 주변에게든 원하는 것이 많은 아이가 아니었다. 엄마도 또래 친구들의 엄마와 달리 나래에게 성격에 있어서든, 성과로든 바라는 것이 없었다. 나래에게 결핍이 있다면 원하는 마음일지도.

엄마는 아빠와 따로 살기를 원했다. 아빠도 같은 마음이었나 보다. 이전에도 두 사람은 언제나 서로에게 원하는 게 확실해 보였다. 그게 잘 충족되지 않을 때의 상황이 나래의 귓가에 들리고, 가슴에까지 꽂혀 올 때가 종종 있었다. 그래도 나래가 안방 문을 두드리거나 현관문을 열고 뛰쳐나갈 정도는 아니었다. 그냥 복도와 붙어 있는 제 방 침대에서 최대한 벽 쪽으로 기대 누워 눈물을 훔치거나 음악을 크게 듣는 정도가 전부였다. 이어폰을 끼지 않은 채로 볼륨을 키우는 게 나래의 반항이었다. 내가 지금 여기서, 모든 것을 듣고 있다고.

원하는 마음은 누군가를 상처 입히고, 멀쩡했던 것을 한순간에 볼품없게 만들어. 나래는 그렇게 학습해 왔다.

그래서 부모님의 별거를 통보받았을 때, 차라리 속이 시원했다. 마침내 두 사람이 원하는 것을 이뤘구나, 싶었다. 그래서 무섭고 겁이 나는 와중에 혹시나 주말 가족 드라마에서처럼 결정이 번복될 일이 생기지는 않을까, 기대할 수 없었다. 다만 자신도 마냥 어리기만 한 나이는 아닌데, 왜 그 과정에서 부모님은 자신을 배제했을까 분노하는 방식으로 그 마음을 표출한 것이 전부였다. 왜냐하면 나래의 부모는 미안하다고 할 뿐 끝까지 '늦었지만 네 생각은 어떠니, 네가 바라는 건 무엇이니.'라고 묻지 않았으므로.

열다섯 살의 나래는 자신이 무엇을 원하든 엄마와 아빠의 결정이 바뀔 리가 없다는 걸 알아차렸다. 아니면 엄마가 "나래는 엄마랑 사는 게 좋겠어."라는 말 대신 "엄마는 나래랑 살고 싶어."라고 했다면 자신의 상처가 조금은 줄었을까. 그런 생각이 울컥울컥 솟아나 이사 날까지 숨죽여 울면서 밤을 보냈더랬다.

함께 살던 집을 정리하고 엄마와 아빠 모두 새로 이사를 가는 것으로 나래의 가족은 가족으로 묶인 시절과 이별했다. 이사 날이 슬플 줄 알았는데, 오히려 갑작스레 찾아온 슬픔으로부터 풀려나는 기분이 들어서 다행이었다.

엄마와 아빠는 이혼은 아니라고 했지만, 나래는 그것이 어디까지나 '유예'라는 것을 알았다. 어떤 이해관계가 결정을 미루고 있는지는 몰라도, 나래는 그 이유에 자신이 들어 있지 않기만을 바랄 따름이었다. 그리고 언젠가는 뚜렷한 이유를 알게 되겠지, 하는 막연한 기대와 확신에도 더는 연연하지 않게 됐다.

"응, 엄마. 나는 지금이 좋아."

엄마가 할머니나 친구들과 통화하면서 종종 다짐하듯 말하는 목소리를 들을 때마다 나래는 그 단호함에 깃든 간절함을 읽었으므로. 그래서 나래도 엄마의 전략을 쓰기로 했다.

아빠와는 가끔 문자나 전화를 주고받긴 했지만 지난 3년 동안 만난 적은 한 손에 꼽았다. 원래도 가족 단체 메시지방에서 일거수일투족을 주고받거나 수시로 외식이며 여행을 떠나는 가족은 아니었다. 그래서인지 나래도 엄마와 함께하는 일상에서 아빠의 공백이 크게 느껴진다거나 하지는 않았다.

돌이켜 보면 나래의 가족은 대체로 평온하고 무탈했지만, 어딘가 혈연으로 끈끈하게 엮였다기보다는 잠시 조립된 가족 같은 느낌이 있었다. 머리가 조금씩 크면서부터는 자신이 엄마와 아빠 사이에 접착제 역할을 잘 못했던 것이 아닌가, 애꿎은 책임감과 죄책감이 섞이기도 했다. 그렇다면 오히려 지금의 결과는 자연스러운 방향일 수 있지 않을까, 스스로 위로하며 제게 처한 상황들을 이해해 나갔다.

아무튼 엄마를 만나는 일은 담임 선생님을 마주할 때보다도 긴장이 되지 않았다. 거절당할 리 없으니까. 엄마는 자신이 딸에게 무언가를 '더' 요구할 권리가 없는 사람이라고 여기는 건 아닐까, 나래가 걱정할 정도였으니까.

중학교 1학년 첫 중간고사에서 40점짜리 수학 성적표를 받고 크게 놀란 나래가 단과 학원을 등록해 달라고 했다가 몇 달 못 가 스스로 그만두었을 때도, 엄마는 '그러니.'라고 한마디 한 게 전부였다. 그때 나래가 학원만 그만둔 게 아니라 아예 수학 공부 자체를 포기했다는 사실을 엄마는 알고 있을까?

엄마의 관심으로부터 자유로운 딸로 사는 것은 친구들의 처지와 비교해 보면 여러모로 편한 일 같다. 하지만 나래는 종종 의아한 불안에 휩싸이곤 했다. 평소에는 엄마의 애정을 느끼다가도 이따금 저를 낙천적으로만 대하는 태도를 볼 때면 '보통 엄마들은 안 그러지 않나? 저래도 되나?' 싶은 생각이 들기도 했다. 원망이라기보다 자신을 향한 엄마의 믿음이 걱정되었다. 자신이 그것을 얼마나 지키고 있는 딸인지 확인할 길이 없어서.

나래는 신발을 끌며 싱거운 기분으로 걸음을 옮겼다. 집이 가까워질수록 자신이 심각해지지 않으려 애쓰고 있다는 걸 알았다. 솔직히 엄마가 이번에야말로 그저 '그러니.'라고만 대답하며 카드를 건네주길 바랐다.

집에 가니 생선 굽는 기름진 냄새가 고소했다. 나래의 인사에 엄마는 부엌에서 돌아보지도 않고 얼른 손 씻고 앉으라고 답했다. 나래는 그대로 가방을 멘 채 서 있었다. 자연스럽게 행동하면 되는데 막상 엄마를 보니 조바심이 났다.

"하고 싶은 말 있어?"

"엄마는 뒤에도 눈이 달린 거 아니야?"

엄마가 그제야 뒤를 돌아보며 웃었다.

"화장실 불 켜는 소리가 안 들리길래, 아직 서 있나 했지."

"소름 돋아."

이게 아닌데. 마음과 달리 말이 툴툴거린다.

"뭔데?"

"뭐가 뭐야?"

"엄마한테 하고 싶은 말 있잖아. 뭐냐고."

"그렇게 훅 들어오면 진짜로 하고 싶은 말이 있어도 못해."

"너도 참 쓸데없이 어렵다. 먼저 물어봐 주면 좋지."

엄마가 다시 몸을 슥 돌리며 식탁으로 음식을 날랐다. 나래도 그제야 가방을 내려놓고 화장실에 들어갔다. 수도 레버를 올리면서 왠지 엄마가 이번에는 '그러니.'라고 넘어가지 않을 것 같다는 느낌이 들었다. 도망가고 싶은 마음과 그럴 수 없다는 마음이 동시에 달려들어 줄다리기를 하듯 가슴이 팽팽하게 당겨졌다.

물기가 살짝 남아 있는 손으로 제 몫의 수저를 내려놓으며 나래가 말했다.

"엄마, 나 음악 하고 싶어."

엄마는 물음표 가득한 얼굴로 나래를 쳐다봤다.

방에 들어와 소화제를 삼키며 나래는 저녁 식사 내내, 엄마의 얼굴 위에 드리워진 '오늘 밤은 다 먹었다'는 표정을 지우기 위해 자기가 몇 번이나 "하고 싶어."라는 말을 뱉었는지 세어 보다 포기했다. 엄마는 끝없이 물었다. 왜? 무슨 음악? 클래식? 대중가요? 언제부터? 그걸로 무슨 계획이 있는데? 입시는? 대학도 음악으로 갈 거야?

엄마의 질문은 모두 상식적이었고 충분히 예상할 수 있는 것들이었다. 나래의 뜻에 반대하기 위한 물음이 아니라는 것도 알았다. 나래는 다만 자신이 무엇 하나 진지하게 대비해 두지 않았다는 사실을 엄마에게 들킬까 봐 겁이 났다. 나래에겐 '이나와 함께 실용음악 학원에 다니면서 노래를 하는 것' 이상의 계획은 아직 없으니까. 그래서 유치하지만 차라리 떼를 쓰는 걸 택했다. 하고 싶어, 하고 싶은 게 생겼어. 얼마나 갈지는 모르겠지만, 일단 해 보고 싶어. 그러면 안 돼?

'하고 싶다'는 말은 논리도 설득도 필요 없는 강력한 무기였다. 그걸 휘두를수록 그 말에 점점 더 무게가 실려 와 질식할 것 같았다. 차라리 엄마가 이쯤에서 그 정도론 안 되겠는데, 라고 말해 줬으면 좋겠다는 생각이 찰나같이 스치기도 했다. 그리고 그 생각을 읽기라도 한 듯 엄마는 결국 나래의 뜻에 따르기로 했다. 나래는 방금 전의 자신이 몹시 부끄러웠다.

"그래, 네 말처럼 '일단'은 무슨 뜻인지 알겠어. 그런데 지금 이 기분만으로 할 수 있는 일은 아닐 거야."

엄마는 나래가 부려 본 적 없는 고집에 당황했지만, 나래도 엄마가 예상보다 강하게 나오는 것에 알 수 없는 불공평함을 느끼기는 마찬가지였다. 한편으론 엄마가 자신에게 기회를 준 것을 알았다. 엄마가 나래에게 했던 질문을 나래 스스로 찾아 나갈 수 있도록. '하고 싶다'에 따르는 책임은 이제부터 자신이 져야 할 터였다. 나래는 뭔가 잘못됐다는 생각이 들었다.

이구아나♥ 이날, 어떻게 돼 가?

그래, 일단은 이나의 메시지에 오케이 사인을 보낼 수 있음에 안도하기로 하자. 엄마에게 끝내 이나를 핑계 삼아 말하지 않은 건 잘한 선택이었다. 이나의 성취는 당연히 나의 것이 아니니까. 언제 내 것을 만들 수 있을지, 그렇게 되기는 할지 무엇 하나 확실하지 않은 지금. 나래에게는 엄마와 정면으로 마주했던 오늘이 꿈을 꾸기 위한 신고식 같기만 했다.

그리고 하나 더. 나래는 고민 끝에 아빠에게 이 작은 시작을 알리기로 했다. 아빠가 아직 자신의 아빠일 때까지는 아빠가 모르는 것을 무심하게, 무작정 늘려 가지 않기로 했다.

아빠에게 문자를 보냈더니 한참 있다가 답장이 왔다. 심심한 응원의 문자였다. 나래가 허락을 구하고자 보낸 게 아니듯, 아빠 역시도 자신에게 관여할 자격이 없다는 것을 아는 듯했다.

아빠   우리 딸, 엄마를 닮아서 노래를 잘하더니 잘 됐네. 아빠가 응원할게.

의외의 수확도 있었다. 진로 상담 때 담임이 말했던, "나래가 노래를 잘했구나?"에 대한 근거를 아빠가 찾아 줄 줄이야.

'맞아, 엄마가 노래를 잘했지. 왜 그 생각을 못했을까.'

나래는 가족이 함께하지 않는다는 것이, 그래서 당장 눈앞에 보이지 않는다는 것이 그 자체로 곧장 없어지거나 무너졌음을 뜻하는 것은 아니라는 것을 깨달았다. 그리고 실수로라도 아빠의 문자를 삭제하지 않도록 캡처해 두었다.

＊

"둘이요."

버스에 올라타자마자 이나가 잽싸게 말했다. 나래가 등을 툭 쳤지만, 이나는 버스 뒷자리를 향해 성큼성큼 걸어갔다. 나래는 뭐야아, 하며 이나의 옆에 풀썩 소리 내 앉았다. 버스 카드를 찍을 때 단말기가 응답했던, "다인승입니다."라는 안내가 내심 좋았다. 이나와 제가 학교 바깥에서도 한배를 탔다는 확인 같았다. 서로의 버스비를 내준 것이 처음도 아니었지만, 오늘은 특별했다. 레슨을 등록하기로 한 날이었기 때문이다.

커튼이 활짝 젖힌 덕분에 좌석은 따뜻하게 데워져 있었다. 누가 먼저랄 것도 없이 따뜻하다, 좋네, 하며 깊이 등을 기댔다.

버스 창문은 얼룩으로 더러웠다. 미세먼지를 투과하는 햇볕으로 바깥은 부옇게 뭉개져 보였지만, 포토샵 블러로 테두리를 살살 문지른 듯한 풍경이 오히려 좋았다. 언젠가 급식에서 설익은 감자볶음을 씹은 것처럼 서걱거리는 봄날인 줄로만 알았는데, 언제 이렇게 말랑해졌지. 나래는 괜히 이나의 오른팔을 푹 찌르고는 웃었다.

원장님과 간단한 면담을 마친 뒤, 담당 선생님과의 테스트를 기다리는 동안 나래는 이나의 연습실에서 대기했다. 로비에 있겠다는 나래의 말을 무시하고 이나는 제 연습실로 나래를 끌고 갔다. 테스트 곡으로 무슨 노래를 불러야 하나 급격히 초조해졌다. 플레이리스트를 살피는데 화면을 내리고 또 내려도 자신이 부를 수 있는 노래가 세상에 하나도 없는 것만 같았다.

잠자코 있던 이나는 건반을 뚱땅거리더니 허밍과 함께 피아노 건반을 눌렀다. 몇 가지 코드가 천천히 반복되자 나래의 귀에 익숙한 멜로디가 떠올랐다. "피아노는 아무리 배워도 늘지가 않네. 이건 어때?" 하고 이나가 물어왔다.

가수 원미연의 〈이별여행〉.

엄마의 애창곡이었다.

"진심이야? 나보고 이걸 부르라고?"

"어머니 이 노래 부르실 때 나 완전 반했잖아. 근데 너랑 엄마 목소리, 엄청 비슷한 거 알지? 어쩌다 네 전화 어머니가 대신 받으면 모를 정도야."

지난 가을, 이나는 여느 때와 같이 나래에게 노래방을 가자고 제안했고, 나래의 기억이 맞는다면 처음이자 마지막으로 나래가 이나의 제안을 거절한 날이었다.

"어…… 미안, 오늘은 엄마랑 가야 해서."

그러자 이나가 안 그래도 큰 눈을 더 크게 뜨며 "엄마랑? 노래방을?" 하고 되물었더랬다. 자초지종을 설명하자 이번에는 나래의 밋밋한 눈두덩에 쌍꺼풀이 지도록 눈을 뜨게 만든 대답이 돌아왔다.

"어머니 생신 나도 축하하고 싶어! 같이 가도 돼?"

셋이서 엄마의 생일을 축하했던 그날을 나래는 잊지 못한다. 엄마는 쑥스러워하면서도 이나를 반가워했다. 나래가 정신 차릴 무렵엔 엄마를 앞에 두고 이나랑 노래방 소파 위에서 방방 뛰고 있었으니까. 마지막 5분을 남겨 두고 이나랑 화장실에 가는 척하다가 케이크에 초를 꽂고 생일 축하 노래를 부르며 9번 방 문을 열던 초저녁. 한쪽 벽이 통유리였던 그 방을 누군가 아래에서 올려다봤다면 친구 생일을 축하하는 또래들의 흔한 순간이라고 생각했겠지.

나래와 이나는 엄마에게 마지막 1분을 양보했고, 엄마는 사양 않고 마이크를 쥐었다. 그때 부른 노래가 〈이별여행〉이었다. 노래방 탁자 끝에 걸터앉아 몸을 좌우로 살짝 흔들며 노래를 부르는 엄마는 등 뒤에 딸과 딸의 친구가 있다는 사실을 잠시 잊은 것처럼 보였다. 나래에겐 몹시 익숙한 노래였는데도 꼭 처음 듣는 것만 같아서, 간주 구간에 호들갑을 떨며 박수를 치는 것도 잊었던 기억이 있다. 엄마의 사적인 시간을 이나와 함께 관찰하는 듯해 좀 멋쩍은 기분으로.

　반면에 이나는 나래 엄마의 팬이 되었다. 한동안 노래의 원곡자부터 유튜버들이 부른 커버 영상을 찾아 흥얼거리기까지 했다. 이후로 둘은 종종 노래방에서 그 노래를 불렀는데, 그때마다 이나는 엄마만큼 부를 수가 없다고 아쉬워했다.

　나래는 이나의 반주에 맞춰 목을 풀었다. 지난날 노래방에서 엄마가 그랬던 것처럼 힘을 빼고 멋있게 부르고 싶었는데……. 낯선 연습실 벽에 기대어 부르는 노래는 생각보다 더 떨렸다. 자꾸만 목소리가 염소처럼 떨렸다. 이나는 목에 힘을 빼고, 대신 배에 적당한 힘을 유지하라고 했다. 그거 어떻게 하는 건데!

　"너 막 애들 다 모아 둔 앞에서 선생님이 노래시킨다?"라는 이나의 말은 그저 단순히 겁주는 말이었나 보다. 피아노 한 대, 의자와 붙어 있는 간이 책상이 전부인 A룸으로 들어가니, 얼마 지나지 않아 앞으로 나래를 담당할 고을쌤이 들어왔다. 보라색 캡모자, 흰 셔츠에 짙은 회색 재킷, 그리고 연한 청바지를 입고 걸어 들어온 쌤은 천장에 닿을 듯 키가 컸다. 한눈에 봐도 카리스마가 남달랐다.

"네가 이나 친구구나? 여기까지 다니려면 힘들 텐데. 그래도 앞으로 잘 해 보자."

아아아아~ 아아아아아~ 고을쌤은 짧은 소개 후 도레미파솔 음계를 따라 발성을 몇 번 시키더니, 난생처음 들어 보는 팝송을 재생했다. 연습 시간을 30분 주겠다며 갑자기 피아노 의자에서 일어났다.

"네?"

"왜?"

"혹시 자유곡…… 같은 건 안 부르나요?"

"푸하하. 누가 그래, 윤이나가? 그래도 연습한 게 있나 보네? 테스트 곡 하는 거 봐서 들어 볼지 결정할게. 기대되면 들어 보고."

나래는 뭔가 안심이 되면서도 놀림을 받는 것 같아 그냥 울고 싶었다. 굳이 한 곡 더 안 부르면 좋지, 싶다가도 정말로 안 들어 주시고 끝나면 첫날부터 마음이 제대로 아플 것 같았다. 나래는 배에 절로 힘이 들어갔다. 고을쌤 마음에 꼭 들고 싶었다. 이따가 윤이나는 꼭 한 대 때려야겠다.

"어차피 노래 그대로 틀어 놓고 가사도 보면서 부를 거니까 너무 걱정 마. 할 수 있는 데까지만 따라 해 보면 돼. 그럼 이따 보자."

이런 게 애들끼리 농담처럼 주고받던 실전이라는 걸까. 나래는 호흡을 고르고 우선 가사 해석본을 검색해 눈으로 훑으면서 허밍으로 음을 익혔다. 그리고 조금씩 입을 뗐다. 아 빌 립 더 칠드런 알 아워

퓨처. 첫 소절부터 모난 구석 없이 입속에서 둥글게 굴러가는 발음이 예뻤다.

짧다고 생각했던 30분은 짐작보다 더 쏜살같이 흘러갔다. 나래는 가수의 목소리가 작은 볼륨으로 흘러나오는 가운데 제 목소리를 더했다. 중간에 뭉개 버린 발음은 있어도 박자를 놓치진 않고 노래를 이어 갔다. 다행히 눈에 띄는 음 이탈은 없었다. 고을쌤은 1절까지 듣더니 노래를 멈추고, 2절과 브릿지 파트를 다음 레슨 숙제로 내 주며 말했다.

"발음이 괜찮아서 그런지 호흡이 자연스러워. 목소리는 좀 얇은데 기본적으로 힘이 좋네."

엄마의 애창곡을 부르지는 못했다. 고을쌤이 수고했다며 테스트를 마치고 다음 레슨으로 넘어갔기 때문이다.

"근데 고을쌤 원래 뭐 잘 까먹어. 이건 거짓말 아니고 진짜야. 네가 다음 레슨 때 말하잖아? 엄청 미안해하실걸?"

나래는 한 번 더 속기로 했다. 솔직히 작은 칭찬을 받은 것만으로 기분이 좋았다. 이나가 사죄의 의미로 산 토스트를 먹으며 나래는 테스트 곡이 들어 있는 앨범을 모두 플레이리스트에 담았다.

휘트니 휴스턴의 〈Greatest Love of All〉이었다. 내가 실패하든 성공하든 나는 내가 믿는 대로 살 거라며, 후렴을 휘어잡는 목소리는 다시 들어도 짜릿했다.

부를수록 가사의 뜻도 너무 좋았다. 성패에 연연하지 않고, 자신이 믿는 대로 사는 모습은 쉬이 상상되지 않지만. 우리가 앞으로 뭘 하고 싶은지보다 당장 뭘 해야 하는지 가르치는 데에 흥미를 느끼는 어른이 더 많은 날이었으므로. 그러나 나래는 오늘 '노래를 부를 땐 충분한 발언권을 얻은 기분'이라는 이나의 말이 무엇인지 어렴풋이 알 것 같았다. 적어도 오늘 하루만큼 하고 싶은 말, 듣고 싶은 말을 충분히 들은 것 같았다.

트랙 3

우리들의 브이로그

책상 위에 나래만의 프린트물이 쌓이기 시작했다. 소영과 유림은 언젠가 나래가 이나를 보며 그러했듯 종종 나래의 가사지를 보면서 새 음악들을 추가했다. 어쩌다 자신들이 좋아하는 가수의 노래가 레슨 곡으로 정해지면, 미래의 내한 공연 현장에서 나래가 마이크를 건네받아 멋들어지게 열창하는 상상을 펼치면서 즐거워했다. 그런 둘을 향해 이나가 "여어, 상상의 나래단~" 하며 구름다리를 걸어오면 둘은 또 자지러지게 웃고, 쉬는 시간이 끝날 때까지 몇 절이고 이어 갈 이야기를 지어내곤 했다.

어느 토요일엔 유림이 아르바이트하는 분식집에 모였다. 아이들이 덕지덕지 붙여 놓은 포스트잇을 가만히 보던 소영이 나래와 이나를 보며 표정 하나 안 바꾸고 말했다.

"윤이나래, 떡볶이만 먹지 말고 사장님께 사인 한 장씩 해 드려."

나래의 떡볶이가 어묵 국물이 담긴 컵으로 풍당 빠졌고, 상상의 나래단 목에 걸린 앞치마엔 사이좋게 국물 자국이 생겼다.

"나중에 너희 성공하면 이 사인 팔아서 세탁비에 보태야겠다."

"거봐, 사장님도 상상의 나래단이시라니까."

덕분에 낙서로 가득한 벽지 위로 나래와 이나의 사인이 나란히 걸리게 됐다. 나래가 부끄럽다며 손사래를 치자 이나가 흔쾌히 펜을 들고는 나래의 손에 쥐어 주었다. 야무지게 글귀까지 옆에 쓰면서.

노래가 들리는 것보다 가까이에 있어요

그리고 넷은 노래방으로 향했다. 점심시간을 종종 함께 보내긴 했어도, 하교 후에 모이는 건 처음이었다. 각자 학원이며 아르바이트며 그 밖에 계획돼 있던 사적인 시간을 보내다 보니 넷이 여유롭게 시간을 맞추는 게 은근히 쉽지 않았다. 특히 이나는 누가 짜 주지 않은 자기만의 스케줄을 따르느라 또래에 비해 여유로워 보여도, 실상은 늘 빠듯해서 자칫 바쁜 척한다고 오해받기 쉬웠다.

다른 아이들은 학원 숙제와 특강 같은 약속에 따라 스케줄이 굴러가 한시라도 빨리 해치우고 쉬기 위해 분투한다면, 이나는 빈틈이 보인다 싶을 때에도 알아서 할 일을 빠듯하게 채우는 타입이었다. 예컨대 나래를 위한 시간을 미리 낸다기보다, 대체로 이나의 빈 일정을 나래에게 내주는 것에 가까웠다. 물론 나래가 그런 이나에게 서운해하거나 제 마음의 크기와 비교하는 대신, 다른 모양이라고 이해하기까지는 다소 시간이 걸리긴 했다.

늘 붙어 다니는 것처럼 보이는 유림과 소영도 언제나 손을 뻗으면 서로에게 닿을 수 있다는 사실 때문인지 오히려 각자 보내는 시간을 더 잘 즐겼다. 소영은 유림이 아니면 책으로, 유림은 소영이 아니면 주변의 사사로운 것들을 담아낼 카메라에 집중했다. 이나는 나래가 아니면 두말할 것 없이 노래였고. 아니지, 노래가 먼저이려나.

나래는 노래방에서 이나의 노래를 감탄하며 듣고 있는 소영과 유림의 뒤통수를 보았다. 박자에 맞춰 정직하게 탬버린과 마라카스를 흔드는 둘은 과연 노래방에 잘 안 가는 친구들다웠다. 이나의 노래가 고조될수록 둘의 손동작도 현란해졌고, 악기에서 번지는 불빛으로 얼굴에는 형형색색의 그림자가 졌다.

1절이 끝나고, 모니터를 바라보던 이나가 돌연 뒤를 돌았다. 나래와 눈을 맞추며 의미심장하게 웃자 소영과 유림이 "이나래! 같이 해!" 마이크를 건네며 등을 떠밀었다.

그 순간 나래는 자신의 삶은 노래 아니면 친구들이라고 생각했다. 아니, 친구 아니면 노래 그 어떤 순서라도 상관이 없을 것이다. 5분씩 서비스의 서비스를 거듭 받던 끝에는 뮤직비디오 속 가수들을 따라 어설프게, 그러나 댄스 배틀인지 헷갈릴 정도로 씩씩하게 춤을 따라 하며 알차게 시간을 채웠다.

"와! 나 살 빠진 것 같아."

"그럼 안 되지. 오늘의 우리를 1그램도 잃을 수 없어."

"얘들아, 아무래도 문쏘가 마신 탄산수는 술이었던 것 같아."

"그럼 해장하러 우리 집에 라면 먹으러 갈래?"

"아, 안 돼! 소영이네 가면 할머니가 두부랑 팽이버섯도 넣어서 건강식으로 끓여 주신단 말야."

"너 지금까지 잘만 먹어 놓고서 이러기냐?"

"할머니껜 죄송한 말이지만 그런 의미에서 인스턴트는 제발 나한테 맡겨 줘."

"그래, 윤이나래도 있고 하니까 봐줬다. 오늘은 '유림 정식'으로!"

늦은 오후, 편의점에서 간식거리를 잔뜩 사 들고 유림이네 집 계단을 올라갔다. 부모님은 외출하신 걸까, 묻기보다 집이 비어서 유림이가 자신 있게 친구들을 데리고 왔구나, 안심했더랬다.

매운 것을 못 먹는 이나를 위해 라면 대신 크림떡볶이며 바나나푸딩이며 유림이 뚝딱 만들어 준 코스를 휘둥그레진 채 즐기다가, 이나가 추천한 음악 영화를 BGM 삼아 한두 명씩 졸았다. 한참 뒤에 일어나니 어느새 까만 밤이 돼 있었다.

✳

하교 후 15분을 걸어 정인초등학교 앞 정류장에서 빨간색 광역버스를 타고 L대학교에 내렸다. 다시 파란색 간선버스로 갈아타고 25분을 더 가면 학원이 위치한 혜화역에 도착한다. 스위치 실용음악 학원에 다닌 지도 벌써 한 달째.

　나래는 버스 맨 뒷자리에 앉아 학원으로 향하는 한 시간 남짓한 그 시간이 무척이나 좋았다. 한 계단 높은 좌석 옆에 붙어 있는 창은 다른 창보다 조금 더 넓었고, 그 너머로 지나치는 풍경은 하나하나 나래 마음에 나 있는 빈칸을 채워 주었다. 창문에 머리를 기댄 채 멍하니 바깥을 응시하니 책 한 귀퉁이마다 그려 둔 그림이 차르륵 넘어가듯 마음에 여러 겹의 바람이 불어오는 것 같았다. 자기도 모르는 사이 까무룩 잠이 들었다 눈을 뜨면 귀신같이 환승할 타이밍이었다.

　무릎 위에 놓인 악보와 가사지를 정리하는 이나의 옆모습은 이미 수년째 봐 왔는데도 사뭇 낯설다. 이제 같은 버스를 타고 있기 때문일까. 약간의 피곤과 나른함이 묻어 있는 표정, 샤프를 꼭 쥔 오른손 같은 것들이 나래를 왠지 모르게 먹먹하게 만들었다. 나래는 이나와 함께 노래를 부르러 가는 것만큼이나 이나의 혼자를 지켜볼 수 있어서 좋았다.

　"다음에 내려야 해. 슬슬 배고프다. 그치?"

　이나가 가방 앞주머니에서 초코바를 꺼내 나래에게 건네며 말했다.

　"이걸론 어림없지?"

　나래는 이 길이 제법 익숙해졌는데도 이나는 꼭 정류장을 일러 준다. 벌써 하차문 기둥을 잡고 서서 나래를 재촉하는 눈으로 웃고 있다.

　L대학교 앞 중앙 정류장은 사람들로 빼곡했다. 예전에는 내가 아무리 공부해도 닿을 수 없는 학교였는데, 이제는 '흥, 이 학교엔 어차피

내가 가고 싶은 과가 없지!' 얄궂은 정신 승리를 하게 됐다. 어깨에 멘 에코백 바깥으로는 악보 파일이 튀어나와 있고, 손에는 가사지를 들고 있는 자신이 교복만 아니면 영락없는 대학생처럼 보이겠지, 우스운 상상도 들었다. 재생 목록이 한 바퀴를 끝까지 돌아 다시 첫 곡으로 돌아왔다. 신호가 바뀌고 커다란 사거리 교차로를 힘차게 가로지르는 인파가 리드미컬하게 느껴지게 하는 노래가 흘러나왔다.

환상은 거기까지였다.

초코바 포장을 뜯으며 이나가 늘어지듯 말했다.

"으으, 어렵다. 너무 어려워."

"봐 봐. 이번 주에 뭐 받았는데?"

이나는 대답 대신 제 휴대폰을 내밀어 나래에게 플레이리스트를 보여 주었다. 쉼 없이 지르고 터트리고 긁으면서 사이사이 그루브도 타 줘야 하는 노래였다. 팝, 펑크, 소울, 힙합이 한데 섞인 악마 같은 노래랄까. 버거운 건 둘째 치고 부르는 사람이 어색해하면 우스꽝스러워 보이기 쉬운 노래였다. 이나의 레슨 곡을 보니 나래는 새삼 스타일의 차이랄지, 전달받는 곡의 간극이 훅 느껴졌다.

"아니, 이건 쌤도 힘들겠다."

"그치? 쌤도 어렵겠지?"

보습 학원과 달리 음악에는 뚜렷한 진도랄 게 없었다. 소리 내는 방법이나 한 소절 한 소절 가수의 창법을 분석하는 카피처럼 기본기를 갖추는 시간은 필요했지만 교과목처럼 단원으로 분류할 수 있는 것은 아니었다. 레슨 곡을 업데이트하면서 꾸준히 지속해야 하는 훈련이었다. 말하자면 시작만 있고 끝은 없는 수업.

수강생을 담당하는 쌤들의 이해도에 따라 공통 레슨 곡에 각자 목소리에 맞는 레슨 곡이 세트로 배정되었다. 개개인의 실력 차는 분명히 존재했지만 기본을 다듬는 과정에서는 성실함이 관건이었다. 특히 같은 보이스 카테고리로 묶인 학생들끼리는 레슨 곡이 겹칠 수밖에 없으므로 종합 평가 때면 연습의 차이가 확연히 드러났다. 잘하는 사람이 매번 잘한다는 법은 없었고, 보컬의 스킬적인 부분이 조금 부족해도 곡의 해석을 더 잘하면 그 편이 오히려 더 듣기 좋은 경우도 많았다.

나래는 자신이 이런 차이를 느낀다는 사실이 그저 신기하기만 했다. 더 쉬운 노래, 더 부르기 편한 노래 같은 건 없었다. 처음 부르는 모든 노래는 새롭게 어려울 수밖에 없다는 점이 나래한테는 묘한 위로가 되었다. 심지어 한동안 부르기를 멈췄다가 오랜만에 부르는 노래도 꼭 어느 지점에선 '이렇게 불러야 하는 거였구나!' 새롭게 발견하기도 했다.

"어려워요. 처음 부르는 것도 어렵고, 다시 불러도 처음 같고."

나래가 처음으로 고을쌤 앞에서 투정을 부린 날, 쌤은 냉담하게 말했다.

"알면 됐네. 그것만 잊지 않으면 돼."

＊

휴대폰 화면 위로 알림이 떴다.

〈양유의 아무때나〉에서 업로드한 동영상

고등학생 일상 브이로그 | 흔한 고등학생의 주말 | #행운 #득템 #카페브이로그

유림의 유튜브에 새 브이로그가 올라온 것이다. '이빈 주에 만난 작은 행운 세 개'로 일상을 소개하는, 유림의 고정 콘텐츠였다. 처음에는 '행운이 세 개씩이나?' 놀라워하며 재생했지만 이제는 양유림의 무엇을 귀여워해 볼까, 하는 마음으로 보게 된다.

인근에 위치한 다이소 최소 다섯 군데에서는 모두 품절된 캐릭터 에디션 접시를 득템한 것, 늘 만석이라 테이크아웃만 하던 카페에서 야외 좌석이나마 사수한 것, 편의점에서 비엔나소시지와 깐 양파, 케첩을 사 시간을 들여 나폴리탄 스파게티를 해 먹은 것. 이렇게가 유림의 행운이다.

고등학생 브이로거들이 대체로 학교에서의 일상을 주 소재로 삼는다면, 유림은 학교 밖에서의 일상을 담았다. 그중 분식집 아르바이트 영상의 조회수가 가장 높았다. 간간이 쇼핑 언박싱도 찍은 모양인데, 온통 생활용품 일색이어서 누군가가 "계정주 바뀐 줄 알았어요."라고 댓글을 달기도 했다. 영상이 끝나면 구매한 제품을 활용한 계절별 옷장 정리, 한 달 알바비 가계부 쓰기 등 실제 사용법 영상을 시청할 수 있도록 넘어갔다.

개중에 나래가 가장 좋아하는 것은 유림의 요리 콘텐츠. 투박하지만 먹음직스러운 1인분의 요리를 뚝딱뚝딱 해내는 유림에겐 학교에서와는 다른 느낌의 생기가 있었다. 중식과 석식, 학원과 학원 사이에서 때우는 편의점 음식이 익숙한 학생들에게 유림의 영상은 또래 아이들에게 가스 불을 켜 보게 했다. 쌀을 씻고 밥을 안쳐 보고, 생일엔 스스로 미역국을 끓이고, 계란 프라이에서 계란말이, 계란찜을 단계별로 해 먹어 보게 만드는.

식탁에 앉아 받아만 봤을 땐 몰랐는데, 유림의 요리가 진행되는 동안에는 조심스럽게 전진하는 건강한 기운이 전해졌다. 그 모든 것을 직접 경험하지 않아도 친구네 집에 초대받은 듯한 기분까지. 화려하지 않아도 자기만의 식기와 그 밑에 까는 테이블 매트가 있는 유림. 옷장만큼이나 냉장고를 관리하는 유림. 유림은 집에서 한 번도 '엄마, 내 블라우스 세탁했어?'라고 말해 본 적이 없을 것 같았다.

그런 유림이 나래에겐 조금 필사적이라는 인상도 있었는데, 그건 자신이 상대적으로 너무 편하게 지내고 있다는 데에서 오는 섣부른 짐작이겠지 싶었다.

새 브이로그를 시청하는 동안 나래는 최근에 제 몫의 작은 행운이라고 부를 만한 것들을 머릿속으로 모았다. 레슨이 끝난 뒤 이나와 4번 출구 벤치에 앉아, 키위 소스에 잘 버무려진 양배추와 베이컨 조각이 듬뿍 올라간 토스트를 먹은 것. 유림이 레몬 탕후루를 만들어서 꼬치에 무려 일곱 알이나 꽂아 준 것. 하악질이 무서워 길바닥에 츄르를 짜놓고선 멀리서 지켜보기만 하던 동네 고양이가 어느새 나래 가까이에서 간식을 받아먹게 된 것.

'배고플 날이 없네.'

그런데도 이상하게 허기가 느껴진다. 쌓인다는 흔적이 없어서 그런가. 귀찮아서 눈팅용으로 방치해 둔 SNS에 뭐라도 하나씩 올리면 좀 나아지려나. 그럼 이렇게 잠이 오지 않는 밤, 남의 것이 아닌 내 일상으로 돌아올 수 있으려나. 하지만 마음이 꼬인 건지 등이 배기는 건지 알 수가 없어 베개를 고쳐 베도 이불 속에서 자꾸만 뒤척거렸다. 결국 이나가 아주 간헐적으로 글을 올리는 블로그에 방문했다.

이나의 페이스북은 비활성화된 지 오래였고 인스타그램도 스토리만 간간이 올리고, 피드는 거의 멈춰 있다시피 했다. 살아남은 것은 블로그뿐. 이나의 노트북 웹브라우저 북마크에 블로그 아이콘이 추가돼 있는 걸 보고 알았다. 단번에 이나가 운영하는 블로그라고 알아챌 수 있었던 것은 북마크 제목이 '이구아나 OST'였기 때문이다.

이나는 이구아나를 좋아한다. 초등학교 때 남자애들이 이나의 이름을 갖고 이구아나라고 별명을 지어 부를 땐 끔찍하게 싫었는데, 우연히 과학 시간에 이구아나가 평생 성장하는 동물이라는 것을 알게 된 이후로는 그 별명이 꼭 마음에 들었다고 했다. 애들이 한심하게 굴 때마다 자신이 한참 성숙한 존재라고 생각하면 너그러운 기분이 든다면서.

나래는 이나에게 블로그의 정체를 묻진 않았다. 대신 집에 가는 길에 괜히 이구아나를 한번 검색했다가 이미지 창에 몇 초 머무르지도 못하고 빠르게 뒤로 가기를 눌렀다. 아무리 그래도 이구아나는 좀 그렇지 않나 싶었다. 그래서 이나의 블로그에도 크게 관심을 두지 않았다. 어차피 레슨 곡들에 대한 감상 위주라 예전의 나래에겐 딱히 흥미를 끌지도 못했다.

나래는 그때 깨달았다. 누군가의 일기장을 엿보는 건 생각보다 유쾌한 일이 아니라고. 언젠가 자신에게도 하고 싶은 말이, 누군가에게 읽혀도 괜찮은, 혹은 읽히고 싶다는 마음이 생기면 그때 이나의 블로그에 '이웃 맺기'를 신청해야겠다고 혼자서 계획해 두었다. 그마저도 잊어버렸지만.

이나의 블로그는 여전히 존재했다. 댓글이 가장 많이 달린 글이 메인에 우선으로 보였다.

열심히는 당연한 거고, 잘해야 하는 나날들. 자신감은 구렁텅이에 빠지지만 그래도 여기에서 포기하고 싶진 않다. 시간이 더 흐르면 나는 예쁜 조각이 되어 있을까? 그냥 아픈 돌멩이로만 남는 건 아닐까?

날짜를 확인해 보니 지난 겨울방학 때 올라온 글이었다. 댓글이라고 해 봐야 서너 개가 전부였는데 전부 비밀글이라 누가 남겼는지는 알 수 없었다. 학원 친구들이었을까? 그 무렵의 이나는 어땠지? 뭔가 잘…… 지내고 있던 것 같은데. 레슨이 잘 안 풀렸던 시기인가? 슬럼 프였나? 솔직히 하나도 기억이 안 났다. 가끔은 내 하루도 돌이켜 보면 머릿속이 새하졌던 날들인가 싶은데.

나래는 왠지 서운한 마음이 들었다. 이 마음이 이나를 향한 섭섭 함인지, 이나를 잘 알고 있다고 자신하지만 실은 그렇지 않은 스스로를 인정하고 싶지 않아서인지 헷갈렸다. 그러니까, 이나가 말하지 않았으므로 내가 당연히 알 수 없는 사실까지 파고들어 아쉬워하고 싶지는 않았다.

왜 어른들이 일찍 자고 일찍 일어나는 것이 정신 건강에 좋다고 했는지 좀 알 것 같았다. 그렇지만 나래는 기어이 스크롤을 올려 가장 최신 글을 찾았다.

나 말곤 아무것도 안 보이는 날들이었는데. 요즘은 그래도 재미있다. 내 기를 나눠 줘야지.

일주일 전에 올라온 글 바로 아래에는 연습실 책상에 앉아 레슨 곡을 카피하는 듯한 이나의 모습이 타임랩스로 빠르게 돌아가고 있었다. 거의 페이퍼와 손만 클로즈업한 10초 남짓한 짧은 클립이었는데, 이따금씩 집중하느라 고개를 숙일 때도 모자를 눌러쓴 탓에 얼굴은 거의 보이지 않았다. 이나의 생일에 나래가 선물한 파란 페이즐리 무늬의 버킷햇. 나래는 이나의 기를 받아 갈 상대가 왠지 자신인 것 같았다. 방금까지 삐뚜름해진 마음을 그렇게라도 위로받고 싶은 건지 몰라도 그냥 그런 생각이 들었다.

무슨 곡을 카피하고 있었는지도 차차 알게 되겠지. 당장 들을 순 없어도, 결국 이렇게 알게 되는 이나의 지난 마음처럼. 이나가 모든 것을 직접 들려줄 필요는 없을 것이다. 하지만 다음번엔 반드시 이웃으로 방문해야지. 나래가 정말로 아쉬운 건 그런 것이었다.

다음 날엔 소영이 급성 장염에 걸렸다고 결석을 했다. 가족 행사에 참여해야 한다며 미안해하는 이나를 보내고 나래는 유림과 병문안을 갔다.

"병문안 식단은 조회수 좀 안 나오려나?"

"맵다, 매워. 너 진짜 조회수 노예냐."

"어차피 문쏘가 절대 못 찍게 할걸, 뭐."

"근데 뭘 먹을 수나 있는지 모르겠다."

"그럼 소영이 할머니만 이득이지, 뭐."

유림이 소박한 장바구니를 들어 보이며 말했다. 손목에 걸린 비닐 봉투에는 소영에게 만들어 줄 참치 야채죽 재료가 담겨 있었다. 하교 후 별일 없으면 소영을 보러 가지 않겠냐는 유림의 제안에 체인점 죽이나 이온 음료 정도를 생각한 나래였는데, 역시 유림이었다. 가만히 쉬고 싶을 수도 있지 않나 싶어 잠자코 있었는데, 아예 마트에서 장을 봐 갈 셈이었다니. 조금도 방황하는 기색 없이 점찍어 둔 섹션

으로 카트를 몰고 가 착착 물건을 채우는 유림의 손목 스냅을 보면서
나래는 둘이 만들어 온 우정이 참 살뜰하다고 생각했다.

"야잇, 너 말버릇 뭐야?"

"크크크. 소영이 할머니는 우리 할머니나 다름없네요."

"참나, 나도 오늘 할머니한테 점수 따려고 가는 거거든? 나 어른들
한테 첫인상 좋은 거 알지?"

시답잖은 이야기를 하며 열심히 걷다 보니 이마에도 등에도 땀이
조금씩 맺혔다가 바람이 불면 금세 식었다 했다.

"근데 너 브이로그 진짜 꾸준히 하더라. 편집 안 힘들어?"

"지금까진 재미가 훨씬 더 큰 것 같아. 대단한 영상미가 있는 것도
아니고, 뭐."

"나중에 시간이 엄청 많이 흘러서 다시 보면 진짜 뿌듯하겠다."

"그런데 나는 알잖아. 내가 좋은 장면들만 편집해서 기억하고 있다
는 걸."

"엥? 당연하지! 오히려 '이렇게 즐거운 날이 많았다고?' 선물 받는
기분일 것 같은데. 나 나온 건 몇 번을 돌려 봤는지 몰라."

"아, 알았으니까 눈에 힘 풀어. 그런 안광, 이나 앞에서만 도는 줄
알았는데. 좀 감격이네."

"아무래도 제가 특기가 팬이라서요."

너스레를 떨었지만 진심이었다. 이미 머릿속으로 기억하고 있는 하
루도 고작 며칠이나 지났다고 다시 보니 재밌었으니까.

"넌 혹시나 대학 때문에 자취해도 부모님이 걱정 안 하시겠다."

"우리 엄빠는 평생 내 걱정할 일은 없지. 자식들 생각을 아예 안 하고 사시니까."

말에 뼈가 제대로 박혀 있었다. 금세 다시 익숙한 유림으로 돌아가 덧붙였지만.

"아유, 브이로그 안 했으면 어쩔 뻔했나 몰라."

복잡한 사정이라면 나래도 할 말이 없지 않았다. 부모님이 내일이라도 이혼할지 모른다는 불안함을 안고 살던 초등학생 시절을 지나, 지금은 자신 때문에 부모님이 이혼을 못하고 있는 게 아닐까 하는 죄책감을 느끼는 고등학생이 되었으니까. 나래는 자신이 유림처럼 제 앞가림을 잘하고 뭐든 분명하고 야무지게 행동하는 딸이었다면, 부모님이 조금 더 편하게 자신들의 삶을 살았을까 하는 생각을 한 적도 있으니까. 하지만 그런 말들을 다 할 필요는 없었다.

"나도 뭔가 위로받는 것 같고 그래. 네가 너한테 잘해 주는 모습이 왜 내 기분을 좋게 하는지는 모르겠지만."

"진짜?"

"응, 진짜로."

대화는 유튜브에 달리는 댓글로 이어졌다. 선을 넘는 위험한 말들, 유림이 애쓴 하루를 무가치하게 만드는 뾰족한 말들. 유림이 들려주는 차단 역사에는 나래도 조용히 신고했던 것들이 있었다. 유림은 조금 격양된 목소리가 되었다.

"학기 초에 진로 계획서 쓰는 게 너무 어렵다고 했지? 나도 그랬어. 그런데 꿈은 가출이요, 탈출입니다. 이런 걸 쓸 순 없으니까 생각을 바꿔 봤거든. 나보다 더 혼자를 지켜야 하는 애들을 돕고 싶더라."

그리고 이 순간 나래가 지킬 수 있는 것은 유림이 자신의 어떤 부분에 대해 완전히 숨기고 싶어 하는 마음이었다. 유림도 혼자서 견디고 싶은 그 마음까지 꼭꼭 숨기기보다는, 그러한 상태임을 드러내면서 홀가분해지는 것 같았다. 우린 가끔 시간 앞에 무섭지만, 외롭지는 않으니까.

어느새 소영의 빌라 입구가 보였다.

유림은 브이로그가 스스로에게 다정했던 순간을 잊지 않기 위한 기록이라고 했다. 나래는 언젠가 유림의 세상이, 유림에게 다정했던 장면으로 가득할 날을 기다려 보기로 했다. 그중 하나가 다름 아닌 오늘이라면 좋을 것 같았다.

유림은 공용 현관문의 비밀번호를 익숙하게 눌렀다. 더 특별하지도, 덜 시시하지도 않은 하루로 입장하는 소리가 들렸다.

트랙 4

청록색 캔 음료

이나가 늦잠을 잤다고 실토한 아침. 3월 모의고사를 빼먹지 않고 얌전히 치르는 걸 보며 웬일로 나잇값을 하냐고 놀린 지가 엊그제 같은데, 그럼 그렇지. 4월 하순, 중간고사가 머지않았으니 멀쩡한 장 건강을 핑계 삼아 학교를 한 번 빠지고 홀로 서울 나들이를 다녀올 때가 되었다.

꽃샘추위는 지나갔어도 아직 이른 아침은 춘추복만으로는 무리라 재킷이 꼭 필요했다. 그래도 벚꽃이 진 뒤 한 겹 더 탐스럽게 핀 가로수 길의 겹벚꽃 나무를 올려다보며 나래는 살 만하다, 라고 중얼거렸다. 저 멀리 다리 위로 쏜살같이 지나가는 지하철이 햇빛으로 반짝였고, 철길 위로 구름이 과하다 싶을 만큼 부풀어 있었다.

과한 것은 구름만이 아니었다. 학교와 학원, 숙제와 레슨, 친구들과 운동장, 파란 버스와 밤 산책, 모두 놓치지 않고 해내고 싶은 하루와 성의껏 대하고 싶은 얼굴들이 일상에 늘어났다.

등교 피크 시간이 오기 전 아침, 교실에 있으니 실외에 나와 있는 느낌이 들었다. 창문을 활짝 열어 놓아서 그런지 갇혀 있다는 기분도 덜했다. 조례 시간이 임박해서 등교하면 학교에 오자마자 수업을 시작하는 셈이라 하루가 더 답답하지 않나. 나래는 쪼르르 텀블러를 채우는 물소리를, 복도를 울리는 친구들의 발소리를 들었다. 현관 쪽으로 걸어가며 유림과 소영을 기다릴까 싶었는데, 마주 걸어오는 담임과 마주쳐서 어쩐지 그대로 함께 교실로 걸음을 옮겼다.

"나래는 오늘도 일찍 왔네?"

"집이 살짝 멀어서요. 애매하게 오면 또 늦어 버릴 것 같고……."

나래는 평소 선생님들에게 살갑게 구는 편은 아니었다. 담임이라고 해서 유대 관계가 좀 나은가 하면 꼭 그렇지만도 않았다. 다행히 선생님은 친한 친구들은 언제 오는지, 요즘 노래는 잘되어 가는지 같은 것을 물어보는 대신 "이 시간이 오전 중엔 가장 한적하니 좋지."라고 혼잣말처럼 말했다. 나래는 '제 말이요!'라고 답할 뻔했다.

선생님의 옆모습은 아침의 피로가 묻어나면서도 어딘가 산뜻한 기운이 느껴졌다. 꼭 이 순간만큼은 선생님이 아니라 나래가 막연히 상상했던 대학생 언니 같아 보였다. 나래는 담임 손에 들린 휴대폰 크기의 작은 색지 꾸러미를 힐끔거렸다. 책 속 문장이나 영화 대사들을 인용구로 넣고 한 주의 덕담 같은 메시지를 덧붙여, 매주 월요일마다 책상에 올라 있다고 해서 일명 '월요 인사말'이라 불리는 카드였다. 단체 메신저 방에 공유할 법도 한데, 꼭 일일이 프린트해서 자른 뒤 아이들 책상에 올려 두는 것이 담임의 취향인 듯했다. 반 아이들의 이름이 적힌 마지막 인사는 손글씨로 쓰는 것 또한.

다만 이 월요 인사말의 운명이란 것이, 특별히 부주의한 아이가 아니라도 대체로 한번 슥 보고 서랍이나 사물함에 넣어 두거나 간혹 뒷문 쓰레기통에서 발견되는 일이 종종 있다. 그래서 한번은 반장이 나서서 청소 시간에 아이들에게 주의를 주기도 했다. 나래도 착실히 모아 두는 편은 결코 아니었지만, 이런 일련의 과정이 비웃음을 받지 않고 제법 통하는 반 분위기가 마음에 들었다. 가방 속에 대충 넣었다가 구깃구깃해진 종이를 펼치면 잠깐 찡, 하게 되는 날도 있었고.

"그럼, 오늘도 기분 좋은 하루 보내."

교실 앞에 다다르자 마치 다른 반으로 들어가는 학생에게 인사하듯 담임은 말했다. 나래는 "저도 여기 들어가는데요?"라고 나래답지 않게 농담을 했다. 담임이 크게 웃어 주어서 용기를 내어 되물었다.

"월요 인사말 책상에 놓는 거, 제가 도와드릴까요?"

담임의 두 볼이 위로 솟더니 "그럼, 고맙지. 벌써 좋은 월요일이네!" 하며 분홍색 꾸러미를 건넸다.

작전이 필요할 때 작전을 세우면 이미 늦다.
꽃이 필요한 순간에 꽃씨를 뿌리는 것과도 같은 이치이다.

> 언제나 꿈을 가진 사람은 훗날을 도모하기 위하여
> 땅속에 미리 씨앗들을 버리듯이 묻어 놓아야 한다.

지난 카드 중 하나는 최명희 소설가의 《혼불》 속 한 구절이었다. 소영이 얼마나 좋아했는지. 기초 조사서 작성으로 예민해져 있던 학기 초라 나래에겐 크게 와닿지 않았더랬다. 그렇지만 그렇게 아는 작가의 이름만 듣고도 기뻐할 수 있는 소영을 조금은 동경하는 마음으로 그 카드를 일기장에 붙여 둔 기억이 났다. 그리고 지금 손 안에 있는 이번 주 카드를 확인하는데 나래는 언젠가의 소영과 비슷하게 '엇!' 하는 소리가 절로 나왔다.

이번에는 노래 가사였다. 담임이 학창 시절 자주 들은 노래란다. 나래도 그 노래를 알았다. 레슨을 마치고 고을쌤이 공유한 커버 콘텐츠 중 하나였다. 남자 가수의 노래를 여자 버전으로 편곡해 부른 실용음악과 재학생의 영상. 노래도 노래였지만, 직접 피아노를 치며 부르는 영상 속 언니가 내내 행복한 표정을 짓는 것이 무척 인상적이었다. 아, 저 언니는 노래를 부르는 것이 아니라 노래와 함께하고 있구나. 누가 알려 주지 않아도 알 수 있었다.

그 장면을 갖고 싶었다. 자신도 그렇게 노래와 함께 호흡하는 황홀한 3분을 만날 수 있다면. 이후 몇 번 레슨실에 거울을 가져다 놓고 연습해 봤지만 도저히 그런 표정은 억지로 지으려야 지을 수가 없어서 더욱 경이로운 경험으로 남아 있었다. 그런데 월요 인사말로 다시 만날 줄이야. '나도 이 노래 아는데!'와 같은 나래의 감탄에도, 책상 사이사이를 걸어 다니며 흥얼거리는 나래의 목소리에도, 담임은 업무를 보고 있는 자세 그대로 슬며시 웃을 뿐이었다.

혹시 김동률의 〈Jump〉란 노래를
들어 본 친구가 있을지 궁금하다.
쌤 수험 생활 할 때 아침마다 참 많이 흥얼거리던
노래 중 하나야. 덜컥 저지르는 용기, 두둑한 배짱과
나를 불사를 열정을 찾으라고 말해 줘서 힘이 났거든.
지금 너희에게도 당장 오늘 등굣길에,
어제 하굣길에 위로가 되어 준 음악이 하나쯤은 있겠지?
문득 우리 반 친구들의 플레이리스트가 궁금해지네.
너희는 인생이 뭐라고 생각하니?
나도 잘 모르겠지만…….
인생은 분명 아름다운 거라 믿으며 살고 있어.
눈물 나게 힘겹더라도,
심장이 터질 것처럼 화가 나더라도 말이야.
든든한 땅이 우릴 받쳐 주고, 하늘이 우릴 감싸고,
너희를 믿어 주는 사람들(우리 자신을 포함해서!)이
곁에 있는데 뭐가 두렵겠니.

우리 아름다운 삶을 추구하며 살아가자.
이번 주도 선생님이 너희를 응원할게.

나래에게

＊

"진짜 곧 반 사십이라 그런가? 우리 이제 반 삼십이야, 했던 때가
엊그제 같은데."

유림과 소영은 오늘따라 기운 없이 휴대폰에 고개를 박고 있기만
했다. 아직 견뎌야 할 하루가, 한 주가 길게 남았기 때문일까. 아무
일도 벌어지지 않았지만 이미 제 마음에 안 드는 날이 있는 걸까.

나래는 블루투스 이어폰을 귀에 꽂고 교실 뒷문으로 향했다. 구름
다리를 좀 어슬렁거릴 요량이었다. 거기라면 햇빛이 잘 드니까. 이나
한테 톡을 보내 미리 나와 있으라고 할 수도 있지만, 좋아하는 순간
을 가끔은 혼자서 누릴 필요도 있겠지.

사물함 쪽으로 의자를 끌어와 친구들과 둥그렇게 무리 지어 앉는
시간이 뭔가를 마구 털어놓으면서 가벼워지는 기분이라면, 지금처럼
잠시나마 혼자 보내는 순간은 시간을 껴안는 기분이 든다. 흘러가지
않고 곁에 머무는 시간.

물론 학교에서 '혼자'란 아무리 자의라고 해도 외로운 구석이 끼어

들기 마련이라 반드시 휴대폰과 같은 보조적인 존재를 필요로 한다. 그래서 나래는 조금 조바심을 내며 재생 목록을 훑었다. 대충 한 곡 정도는 느긋하게 감상할 수 있는 시간. 뭘 듣지? 이때 듣는 음악은 보다 신중해진다. 이나처럼 쉬는 시간용 플레이리스트를 짜야겠다고 늘 생각만 하고, 정작 그 순간이 오면 왜 같은 후회를 반복하는 걸까, 아쉬워하며 뒷문을 열고 몸을 오른쪽으로 틀었다.

구름다리 군데군데 창문이 열려 있어 나래는 창틀에 슬쩍 몸을 기대고 머리를 바깥으로 내민 뒤 앞뒤로 몸을 흔들었다. 이맘때의 미세먼지 농도는 늘 나쁜 편이지만 육안으로는 쾌청해 보였다. 늦은 오전 햇빛에는 기분 좋게 서늘한 온도가 스며들어 있는데, 나래는 바로 그 느낌을 좋아했다. 아직 완성되지 않은 햇빛 같아서. 그런 나래를 보며 이나는 말했다.

"너 같은 애가 노래를 해야 하는데."

그때는 흘려들었던 소리가 오늘 나래의 마음에서 작게 샘솟았다. 생각이 이어지는 동안 나래는 귀에 꽂힌 이어폰의 존재도 잊고, 노래를 감상하러 구름다리에 왔다는 사실도 잊었다.

"작년엔 뭐 하는 애인지도 몰랐는데 갑자기 가수 나셨어, 아주."

멀리서부터 익숙한 목소리가 들려왔다.

"왜, 뭐가 단단히 꼬였는데 지금?"

"이나래만 방과 후 쉽게 빼주는 거 좀 웃기지 않아? 누구는 하고 싶은 거 없냐고."

"우리 학교가 좀 강제적인 편이긴 한데……. 뭐, 교실에 남아도 할 게 카핀지 뭔지밖에 더 있겠어?"

"나야 모르지."

"같이 수업 듣고 싶은 것도 아니면서 왜 그래. 엄한 데 뽈내지 말고."

그들이 누군지 뒤돌아보지 않아도 알 수 있어서, 아니 알기 때문에 뒤돌아볼 수 없었다. 배가 땅겨도 상체에 계속 힘을 주고 있었다. 창밖으로 체육 수업을 준비하는 다른 반 친구가 있기라도 한 것처럼, 몸을 쭉 내밀었다.

까치발로 아슬아슬하게 걷던 발이 비로소 복도에 닿았다. 괜히 손바닥을 툭툭 터는데 얼굴이 화끈거렸다. 저 정도 삐딱한 대화쯤이야, 나래도 내성이 있었다. 적당히 아는 반 아이에 대해 말할 때 저지를 수 있는 경솔함. 딱히 틀린 말을 한 것도 아니라서 억울하지도 않고, 뭔가 큰 오해를 산 것도 아니었지만 어쩔 수 없이 모욕받은 기분이 들었다. 그리고 자신이 언젠가 이와 비슷한 장면 속에 있었다는 것을 생각해 냈다. 오래전, 그러니까 전학 온 지 얼마 안 돼 혼자 화장실에 가곤 했던 중학생 나래가 우연히 엿들었던 대화가 머릿속에 천천히 재생됐다.

'윤이나 은근히 관종 끼가 있어.'

'은근히? 걔 완전 뮤직 이즈 마이 라이프잖아. 멋있는 것 같다가도 한 번씩 오그라들기는 해.'

'그런데 걔가 노래를 그렇게 잘해? 난 잘 모르겠던데.'

방금 전 대화에서 제 이름과 기억의 대화 속 이나의 이름이 있는 자리를 서로의 이름으로 바꿔도 이상할 게 없었다. 이나도 언젠가 직접 들어 본 적 있는 말이었을까. 그랬다면 이나는 어떻게 했을까. 그보다, 이나에게 이런 말을 희석해 줄 친구가 있었을까. 후에 자신이 그런 역할을 했던가. 생각이 많아지던 중 유림에게서 개인 톡이 왔다.

양유★ 어디야? 수업 안 들을 거야?

'빨리도 찾는다.'

괜히 저까지 마음이 뾰족해진 것 같았다. 이대로 책상에 앉아 있으면 수업을 듣는 체하다가 자신도 모르게 엎드려 있을 게 뻔하고, 운이 나쁘면 3교시 선생님으로부터 예체능 하는 티 내지 말라는 면박을 듣겠지. 아, 정말이지 어딘가에 구겨진 채로 있고 싶다. 아니 이미 그런 상태인 건가. 상상만으로 스스로를 우습게 만드는 게 이토록 쉽다니.

양유★ 나래 괜찮아? 표정이 안 좋던데. 오전 11:17

문쏘★ 어디 갔었어~ 나도 데려가지! 오전 11:17

문쏘★ 진짜 오늘 왜 이렇게 처지는 것 같냐. 오전 11:17

오전 11:18 응 괜춘괜춘ㅋㅋ 그냥 복도에서 바람 쐬고 왔어ㅜㅜ

나래는 문득 중학교 때처럼 친구들과 쉬는 시간 1분 1초까지 함께 보내지 않아도 긴장할 필요가 없는 지금에 새삼스러운 안도를 느꼈다. 동시에 혹시 소영과 유림도 한 번쯤 방금 그 애들처럼 생각한 적이 있을까 봐 아주 잠깐 겁이 났다. 그런 마음이야말로 자신을 진짜로 못난 사람으로 만드는 것이어서 서둘러 거뒀지만.

반 애들이 나래가 실용음악 학원을 다니는 걸 알게 되면서 나래는 자주 교탁 앞으로 불려 나갔다. 아이들이 유난히 수업에 집중을 못하는 것 같으면 과목 선생님들이 꼭 이런 말을 했기 때문이다.

"너희 중 누가 나와서 노래 한 곡 하면 수업 10분 일찍 끝내 줄게."

그러면 아이들의 눈은 일제히 나래를 향했다. 짓궂은 아이들은 이때다 싶어 나래를 "야, '이노래' 나가!"라고 외치기도 했다. 나래는 헛웃음을 지으면서도 어느새 자신이 이 순간을 반장이나 부반장처럼 학급에서 응당 맡아야 할 역할로 인식하고 있다는 걸 인정했다.

소영이나 유림이 "야, 야, 나래가 무슨 니네 멜론이야? 아이스크림이라도 하나 사 주면서 말해라." 하며 투덜거렸지만, 사실 나래는 때때로 그 순간을 즐겼다. 유별한 존재로 인정받기를 원하면서도 제 개성이 지나치게 도드라지는 건 왠지 쑥스러워 쭈뼛대는 10대 초반. 고만고만해 보이는 아이들 사이에서 오롯이 나로 주목받는 느낌이 싫지만은 않았다.

물론 가끔 나래도 컨디션이 별로인 날에는 자신만 알고 있을 법한 노래를 불러 버릴까 하는 마음이 치밀기도 했다. 결국 대부분은 아이들이 기대하는 대로 '순위 톱 100' 안에 드는 유행가를 부르고 자리로 돌아왔지만.

5교시 경제 시간.

오전에 뒷담화 아닌 뒷담화를 들은 날, 재롱 시간이 돌아왔다. 하필 오늘은 아무 기분도 내고 싶지 않은 날이었는데. 선생님의 부름과 아이들의 시큰둥한 환호에 나래는 망설이면서도 터덜터덜 교실 앞으로 걸어 나갔다. 그리고 무난한 트랙 리스트 사이에서 머리를 굴리는데, 오늘 모두 작정이라도 한 듯 평소에도 거칠게 굴어 상대하고 싶지 않은 남자애가 한마디를 던졌다.

"이나래, 오늘따라 폼 잡는다? 빨리빨리 좀 부르자, 선생님 기다리신다."

저게 점심을 잘못 먹었나. 그러나 저런 허접한 시비에는 아무런 반응도 하지 않는 게 상책이지. 냅다 노래를 시작하자 몇몇 아이들이 눈치껏 흥얼거리며 후렴을 따라 불렀다. 하지만 나래는 끝까지 웃지 않고 제자리로 돌아왔다.

"오우 씨, 그날인가 봐. 분위기 살벌한 거 봐."

선생님이 주의를 주는 순간 마침 벨이 울렸다. 나래가 의자에서 튀어 오를 듯 자리를 박차고 일어나는데, 반동을 너무 세게 주는 바람에 나래의 뒤에 앉은 정현의 책상이 그 애의 몸쪽으로 확 밀리고 말았다. 윽, 하는 정현의 목소리가 들렸다.

"헉, 미안해. 다친 거 아니지?"

"응, 괜찮아. 빡치면 그럴 수도 있지."

순순한 대답이 시원했다. 괜히 머쓱해져 한 번 더 미안, 이라고 말하는데 소영과 유림이 다가와 나래의 대답을 가로챘다.

"그러니까! 미친, 재수 없어!"

선수 치는 친구들까지 더해지니 화르륵 타 버릴 새 없이 마음이 슬슬 풀렸다. 매점이나 가야지. 그런데 정현이 제자리에서 나래를 올려다보며 계속 말을 걸었다.

"매점 신상 중 파란색 캔 음료 맛있던데. 꽃나무 그려져 있는 거."

나래는 정현과 지난번 과학 실험 때 같은 조가 된 것 말고는 딱히 접점이 없었다. 올해 처음 같은 반이 된 서정현은 중학교도 달랐고 나래와 겹치는 친구도 없어 거의 초면이나 다름없었다. 또래 남자아이들과 달리 얌전한 말투가 그 애를 존재감 있게 만들긴 했다. 방금은 좀 다감하기까지 한 것 같았지만.

"그래? 한번 마셔 볼게."

정현은 한 번 더 나래의 말꼬리를 붙잡았다.

"근데 너는 노래할 때랑 말할 때 목소리가 아예 다르네."

옆에서 애들이 "오오~ 서정현 뭐야?" 하며 건수 잡았다는 듯 시동을 걸었다. 하지만 나래는 더는 대꾸할 기력조차 남아 있지 않았다. 야야, 됐어, 됐어, 하며 애들의 팔을 잡아끈 채 교실을 빠져나갔다.

톡, 치이이익.

이나가 손에 쥔 캔을 따 한 모금 마시면서 계속 말해 보라는 듯 눈짓을 했다. 나래는 스탠드에 앉아 오후의 치욕을 마저 들려주었다. 물론 구름다리에서의 이야기는 빼고. 이나는 흥미롭다는 표정으로 고개를 끄덕이기만 했다. 정현이 일러 준 음료수가 생각보다 맛있어서 수업이 끝나고 이나를 보자마자 이나 손에 쥐여 주었는데. 이나도 오늘은 컨디션이 별로인 듯했다.

"내 목소리가 상황에 따라 좀 달라지나?"

"지금은 평소랑 좀 다른 것 같기도."

"근데 말하듯이 노래하는 게 더 좋은 거잖아?"

"흐음……."

"뭐가 흐음이야."

"그러니까 그 서정현이란 애가 던진 한마디에 이렇게 목소리가 들뜬 거란 말이지."

"아우, 너까지 왜 그래. 그런 거 아냐."

"이 음료수도 걔가 마셔 보라고 해서 나 사 준 거고?"

"내놔, 다시."

"이날, 나 좀 섭섭해."

"진짜 웃기지도 않아."

레슨이 없는 금요일. 어차피 둘은 연습하러 학원에 갈 계획이지만 꼭 지켜야 할 스케줄은 아니므로 마음이 여유로웠다. 나래와 이나는 하교하는 아이들을 바라보며 조금 더 늑장을 부렸다. 이나는 진홍색

꽃나무가 그려진 청록색 캔 음료를 흔들며 나래를 계속 놀려대고. 부쩍 따뜻해진 날씨에 캔 표면에 맺힌 물방울이 똑똑 떨어졌다.

'그런데 이게 어딜 봐서 파란색이지? 물어보면 정정해 줘야겠다.'

나래는 이나의 가방을 베고 누웠다. 스탠드 천장 가득 에워싼 보라색 등나무 꽃이 길게 내려와 있었다. 줄기 사이사이 햇살이 스며들어 나래의 얼굴과 교복에 빗금을 만들었다. 나래는 천장을 향해 팔을 길게 뻗고선 제 손이 나오도록 사진을 찍었다.

"우리 학교 운동장이 좀 예쁘긴 해."

"그치~ 우리 이날 목소리도 예쁘긴 하고."

이나는 나래의 따가운 시선을 모르는 척하며 휴대폰에 시선을 고정한 채 흥얼거렸다. 허밍은 이내 가사를 입고 선율을 지닌 노래로 번져 갔다.

스티비 원더의 〈Overjoyed〉.

학원에서 열린 지난 월말 평가 때 이나가 3학년 남자 선배와 듀엣으로 부른 노래였다. 고음 하나 없이 사람 잡는 노래라고 이나는 꽤나 힘들어했지만 지금 나래의 귀에 들려오는 목소리는 포근하기만 했다. "못해, 못해." 하며 툴툴거리면서도 스티비 원더의 작업 일지를 발견한 날, 낭만적이지 않냐며 꼭 시를 낭독하듯 읽던 이나를 나래는 기억했다.

'귀뚜라미, 새소리, 바다, 연못의 조약돌, 돌 떨어지는 소리, 찌그러진 나뭇잎 등이 퍼커션으로 사용됐다.'

나래는 바로 그 노트 속에 들어와 있는 기분이었다. 축구공이 골대를 맞고 튕겨 나가는 소리, 터질 듯이 튀어 올랐다가 어느새 희미해진 아이들의 소란, 작은 움직임에도 수선을 떨며 부스럭거리는 바람막이, 제가 부르는 노래에 가볍게 박자를 맞추는 이나의 운동화 소리가 점점 아득하게 들려왔다.

'이제 내가 가장 좋아하는 파트가 나올 차례인데⋯⋯.'

정신을 붙들고 따라 부르고 싶었지만 영어 가사를 외우지 못했다. 해석이 더해진 이나의 가사지를 보다 뇌리에 꽂힌 문장만 선명했다.

'넌 믿지 않겠지만, 꿈은 이뤄져. 내가 너를 보았을 때 내 꿈이 이뤄진 것처럼.'

이게 소설이 아니라 가사라니까. 호들갑을 떨며 소영의 플레이리스트에 억지로 추가하기까지 했는데⋯⋯. 까무룩 잠에 들 뻔한 걸 이나가 막았다.

"이날, 다음 달에 축제인 거 알지? 우리 같이 나가자."

나래는 대답 대신 그대로 누운 채 이나를 쳐다봤다. 처음엔 이나가 누구랑 통화를 하는 줄 알았다. 그런데 이나가 눈을 맞춰 왔다.

"응? 같이하자, 이나래~"

애원하는 목소리는 장난스러운데, 이나에게 무대는 장난을 칠 대상이 아니었다. 나래는 일어나 자세를 고쳐 앉았다.

"밴드부는 어쩌고? 중간고사 끝나자마자 합주하느라 바쁠 텐데. 그리고 개인 무대 신청해도 돼?"

"안 될 게 뭐 있어. 어차피 밴드부 축제 무대는 매년 1학년이 메인이야. 알잖아."

"그래도, 내가 어떻게 해!"

"왜 못해?"

당연히 못할 건 없다. 이나와 함께하는 상상은 그게 뭐든 쉬웠다. 오히려 나래는 레슨실에서 혼자 노래를 부르는 게 아직도 신기할 따름이니까. 하지만 전교생 앞에 서는 축제라면 얘기가 좀 달랐다. 정인고 축제는 인근 학교에서도 매년 봄마다 주목하는 이벤트였고 그 중심엔 당연히 밴드부가 있었다. 쟤 뭔데 윤이나 옆에 있어? 틀림없이 사람들이 수군거릴 것이다. 이나 곁에 선 제가 작아 보일 것이 염려돼서가 아니라 혹시 실수라도 하면 그게 이나를 향한 비웃음거리가 될까 아찔했다.

"너는 왜 갑자기 나랑 축제에 나가고 싶은 건데? 나 띄워 주려고?"

아차차. 마음과 달리 말이 너무 모나게 나가 버렸다. 하지만 이나는 가볍게 받아쳤다.

"응."

"뭐?"

"나는 나래 네가 더 많은 사람에게 더 인정받고 칭찬받았으면 좋겠어. 근데 내가 할 수 있는 건 같이 노래하자는 말뿐이야."

말문이 턱 막혔다. 나래도 뭐라고 대꾸해야 하는데 한 마디라도 운을 떼면 왠지 눈물이 차오를 것 같았다.

"전부 너 때문이라고는 생각하지 마. 나를 위한 일이기도 하니까."

이나가 그 말을 끝으로 자리에서 일어나 교복 치마를 털었다. 무슨 말인지 다 이해하지는 못해도 이나가 솔직해진 만큼 나래도 응답하고 싶었다. 나래는 이나야, 하고 불렀다. 휙 돌아본 이나의 표정에 장난기가 묻어 있어 나래는 안심했다.

"나는 너랑 노래하는 거면 좋지, 당연히."

"그래! 그거면 됐어."

'그 마음이 함부로 평가받을까 봐 무서웠나 봐.'

할 말이 더 있었는데 이나가 언젠가의 고을쌤처럼 제 말을 가로채는 바람에 나래는 마지막 말을 삼켰다. 하지만 나래도 축제 무대에 서는 것이 자신을 위한 것이라는 이나의 말을 끝내 되묻지 못했으니 동점이었다.

듀엣

소리로 마음을
주고받는 일

중간고사가 끝나자 하복을 입기 시작한 아이들이 늘었다. 시험만 끝나기를 별렀던 반 분위기는 예상외로 심심했다. 자신을 제법 객관적으로 바라보고 판단할 줄 아는 시기였으므로. 성적표를 받는 일은 더 이상 긴장되지 않았지만 종이 위에 매겨진 숫자가 크든 작든, 가슴을 짓누른다는 점은 같으니까. 예전처럼 시험이 끝나는 날 친구들과 우르르 몰려 놀러 가는 것도 눈치가 보였다. 근데 누구한테 그렇게 눈치가 보였을까. 모두가 초조했기 때문에 눈치를 보았는지도 모르겠다. 우리가 아직 정말 이래도 될까, 하는.

"애매하네."

반에서 12등을 한 것으로 가볍게 아쉬워하는 유림을 보고 놀란 나래에게 소영이 그럴 줄 알았다며 웃었다.

"매일 브이로그만 찍는 것 같더니 언제 공부했나 싶지?"

"어. 양유림 완전 사기캐네."

"적당히 해, 애들아. 누가 보면 전교 12등이라도 한 줄 알겠어."

점점 알게 될수록 유림은 욕심이 많은 친구였다. 욕망이 크다는 뜻이 아니라, 자기 자신에 대한 기대가 컸다. 유림이 다른 누구도 아닌 본인의 기대에 부응하기 위해 살고 있다는 것을 어렴풋이 느낄 때부터 나래는 유림이 존경스러웠다. 존경처럼 거창한 말을 친구에게 써도 되는 걸까 고민했지만 살면서 '존경'이라는 말이 또렷하게 마음속에 떠올랐던 적은 처음이었으므로. 유림을 향한 마음을 일단 존경이라 여기기로 했다.

그런 의미에서 평소 애들로부터 농담처럼 "또 책 읽고 있네. 진짜 존경한다, 소영아."라는 말을 많이 듣는 소영은 의외로 나래와 친근감이 드는 성적표를 받았다. 본의 아니게 소영은 책을 좋아하는 애들이 성적도 좋을 거란 편견을 깨 주는 역할을 해 버렸다. 소영은 전형적인 '좋아하는 과목만 잘하는 타입'이었는데, 소영이 좋아하는 것은 문학책이지 교과서는 아니었다. 시험이 끝난 소영은 하교하기가 무섭게 또 혼자만의 스케줄을 바삐 다니기 시작했다. 이번엔 무슨 북토크에 가려나 싶어서 물어보니 인천에서 열리는 영화제에 간단다.

다녀와서 소영은 무슨 이야기를 들려줄까. 우리 중 가장 넓은 세상을 알고 있는 소영을 보고 있으면 나래는 먼 훗날 우리 사이가 아무리 멀어져도 서운하거나 걱정할 필요는 없을 것 같았다. 얼마나 멀리 떠나든, 소영에겐 자신이 보고 들은 것을 들려줄 곳이 필요하니까.

반드시 우리에게 돌아오리라고 나래는 확신할 수 있었다.

"이나는 시험 잘 봤나?"

소영이 물었고, 나래는 이걸 말해도 될까 말까 고민하다 "너랑 비슷할걸?"이라고 답했다. 이나가 성적으로 스트레스를 받는 건 본 적 없으니까. 이나는 자기가 관심 없는 것에는 괜히 애쓰지 않았으므로 당연히 아무 미련도 두지 않는다. 이나가 노래라면 벌스, 프리코러스, 코러스, 포스트코러스, 브릿지가 모두 또렷하게 구분되는 노래일 것이다. 파트마다 하고자 하는 이야기와 감정이 명확하고, 그래서 모두에게 선명하게 기억될 노래.

이나는 흔들리지 않는 확신 하나를 갖고 있고, 유림은 확신을 얻기 위해 착실히 나아가고, 소영은 하나의 확신보다 아주 많은 가능성의 세계를 수집하고 있다.

'그럼 난……?'

다들 각자의 이유와 판단으로 열심인 구석이 있었겠지. 하지만 나래는 시험에 어떤 기준을 세우지도, 목표로 무언가를 걸어 본 적도 없었다. 그러므로 결과도 아무려나 상관없이 태평하기만 했는데. 그 잔잔함이 오늘은 왠지 부끄러웠다.

＊

"안 더워? 아직도 춘추복 입네."

유림도 소영도 모처럼 동아리 모임이 있는 점심시간. 제자리에 가만 앉아 있는 나래 옆으로 정현이 다가와 앉았다. 예전엔 그냥 실없이 말을 거는 것처럼 보였을 텐데, 서정현이 다름 아닌 반 2등, 전교 7등이라는 걸 알고 나니 저것은 자신감에서 묻어나는 여유와 다정이었나 싶다.

"가만히 있으면 안 더워."

"근데 넌 대체로 가만히 안 있잖아."

이건 시비인가, 심심해서 놀아 달라는 건가.

"너 친구 없지?"

"응."

"그래……. 말하니까 덥다. 그냥 네 자리로 가라."

정현이 싫은데, 하며 웃어서 정작 나래의 팔에는 짧게 소름이 돋았다. 긴 셔츠를 입어서 다행이다. 소매 아래로 털이 솟은 걸 보면 틀림없이 놀렸을 거다. 그런 예상이 가능해질 정도로 우리가 친해졌나 싶지만.

정현이 돌아가지 않고 폰을 만지작거리기에, 나래도 귀에 꽂힌 이어폰의 볼륨을 키우고 못다 한 카피를 시작했다.

"혹시 나도 들어 봐도 돼?"

그리고 기다렸다는 듯이 정현이 방해한다. 나래는 혼자 운동장이나 돌걸 후회했지만 이미 늦었다.

"네가 좋아할 것 같진 않은데. 새 레슨 곡이야."

정현은 나래가 건네는 이어폰을 내려다보더니 왼쪽 턱을 살짝 치켜

올리고 고개를 튼다. 이거…… 귀에 꽂아 달라는 거 맞지? 나래가 헛
웃음을 치며 말했다.

"까불지 말고."

"미안."

정현은 그제야 두 손으로 공손히 받아 간다. 나름대로 취향이었는
지 정현이 잠자코 듣는 덕분에 나래도 다시 가사지를 내려다보았다.
허전한 반대편 귀로 아이들의 대화와 생활 소음이 끼어들어 집중이
잘 안 됐다.

"이걸 부른다는 거잖아? 대단하네."

"아냐, 학원 다니면 이 정도는 다 해."

"겸손하기까지."

애가 자꾸 선을 넘네. 하지만 나래는 겸양 같은 걸 떠는 게 아니었
다. 그럴 처지조차 못 된다고 생각했다. 정말로 학원에 있는 친구들
은 이만큼은 다 하고, 그래야만 한다는 걸 나래는 빠르게 깨달았다.
모두 다 다르게 부를 뿐, 노래를 못하는 애들은 없다. 여기는 누울
자리를 보고 꿈을 꾸는 애들이 모이는 곳이니까. 그건 나래도 마찬가
지였고.

당연히 특출까진 아니어도 자신의 알량한 재능에 대한 기대가 있
었는데, 시간이 쌓일수록 오히려 희미해져 갔다. 어떤 성과가, 변화가
있는지 시험지처럼 그때그때 확인받을 길이 없으니 자유로움 혹은 재
미만큼이나 처음 느껴 보는 불안이 함께 자라는 중이었다.

'한순간 번뜩이는 나'가 되는 일 같은 건 없겠구나 싶으면서도 자기만의 좋은 점을 발견하고 지켜 가는 일을 게을리할 수는 없는. 그래서 언젠가 소영이 무심코 뱉은, '꿈이 있다는 건 피곤한 일이야.'라는 말을 나래는 요즘 레슨에서 돌아오는 길에 종종 떠올렸더랬다.

"하긴, 스스로한테는 좀 엄격하게 될 때가 있지. 넌 노래만 하고 있잖아."

침묵 속에서 정현이 덧붙였다. 머리가 좋아서 그런지 또 행간을 제법 읽는다. 이번엔 네가 뭘 아냐는 심정도 들지 않았다.

"맞아, 가끔은 그게 이상하기도 해."

가만히 돌아오는 대답에 오히려 정현이 물음표를 달고 고개를 돌렸다. 설명이 필요하다는 표정이다. 그러나 노래로 딱 떨어지는 성적표 같은 건 원하지 않지만, 스스로를 믿게 할 무언가가 필요한 내가 이상하다고 말할 수는 없었다.

"근데 이 노래 너 잘할 것 같아."

"네가 어떻게 알아?"

"나는 모르지. 부르는 건 내가 아니라 너니까."

"그게 무슨 대체 무슨 소리인지······."

"네가 잘 해낼 걸 믿는단 말이지."

나래는 여기서 한 번 더 되묻진 않았다. 아까보다 정적이 길어졌지만 정현도 별말을 덧붙이지는 않았다. 흩어져 있던 아이들이 교실로 돌아와 공기에 밀도가 생길 때쯤, 정현은 이어폰을 나래에게 돌려주고 뒷자리로 돌아갔다. 나래는 다시 몸에 한기인지 열기인지, 이유 모를 소름이 돋았다. 빨리 학원에 가고 싶어졌다. 이번 노래를 아주 오래 연습해야겠다고 생각하면서.

✳

오늘 고른 보컬 룸에서는 텁텁한 냄새가 났다. 다른 방으로 옮길까 싶었지만 어디든 비슷할 것 같았다. 벽 위쪽에서 희미하게 돌아가는 선풍기 소리를 들으며 나래는 축제가 얼마나 남았는지 셈했다. 등받이가 철제로 된 보컬 룸 의자는 딱딱했고, 앞선 이용자의 흔적이 남아 있지 않도록 청결하게 유지된 테이블 위에는 조도가 세지 않은 스탠드 조명만이 나래의 손등을 작은 원형으로 비추었다.

문밖으로는 각자의 방에서 울리는 리듬과 뭉개진 가사, 불협화음의 멜로디가 뒤섞여 전해진다. 세상과 차단된 이후에야 들을 수 있는 그 소음에 단단히 사로잡힌 게 얼마 안 된 것 같은데, 익숙해지고 나니 나래는 그 단절이 문득 갑갑하기도 외롭기도 했다. 터질 것 같은 마음을 피해 숨어들고 싶다가도, 그 마음을 우렁차게 터트릴 곳이 이 작은 방이 전부라는 게. 하지만 여기가 아니라면 또 어디에서 그럴 수 있을까.

그럴 수 있는 곳이 다가오고 있기는 했다. 언젠가 내가 이런 질문을 던질 줄 알고 이나는 함께 서는 무대를 상상했던 걸까? 순전히 자신만의 생각이래도, 방금까지 알 수 없이 답답했던 마음은 축제를 생각하는 것만으로도 다르게 요동쳤다. 가수가 되는 미래 같은 건 좀처럼 상상하기 어려워도 무대는 이렇게 가까워질 수 있는 거구나. 이게 나한테 일어나는 일이라니……. 고작 세 달 뿐이지만 시간은 착실하게 흐르고, 어제와 다를 바 없던 좁은 보컬 룸도 괜히 조금 넓어진 듯했다.

나래는 메모로 가득 찬 가사지를 꺼냈다. 축제보다 먼저 서야 할 연습 무대가 코앞이었다. 물론 월말 평가를 축제의 워밍업 정도로 생각한 나래를 보며 이나는 애매한 웃음을 지었지만 말이다. 첫 달은 관객이 되어 어영부영 넘어갔고, 두 번째 달은 첫 소절부터 박자를 놓친 것도 모자라 목을 안에서 잠근 듯 꽉 막힌 느낌에 소리를 제대로 내지 못해 아쉬웠던 터라 나래도 이번 평가를 내심 기다려 왔다. 예상치 못한 축제 무대가 그 설렘을 가로채 갔을 뿐이지……. 사실 이번 평가를 준비하는 것만으로도 나래는 충분히 버거웠다.

그래서 제안한 것이었다. 나래는 축제에서 부를 노래로 함께 평가를 준비하자고 이나를 설득했다. 월말 평가는 레슨 곡과 다르게 자유곡을 선정할 수 있었다. 곡 선정에 레슨 선생님의 조언을 받는 것이 보통이긴 하지만 말이다. 그러나 축제 때 부르기로 한 곡은 애초에 솔로 가수의 노래여서 그런지 나래는 자기 파트를 연습할수록 반쪽짜리 노래를 부르고 있는 것 같았다.

나래는 이번 주 연습 일정을 바꾼 이나에게 전화를 걸었다.

"있잖아, 우리 평가 자리에서 각자 완곡을 불러 볼까?"

"같은 곡을 각각 따로 부르자는 거지? 갑자기 왜?"

"그냥……. 뭔가 부르다 마는 느낌이야, 자꾸. 너는 안 그래?"

"음, 그렇게 생각해 본 적은 없지만, 네 말이 뭔지는 알겠어."

"괜찮을까?"

"그럼. 어차피 레슨 곡이 겹치는 애들도 있고, 우리는 같이 부를 축제 곡이라고 말씀드리면 각자 파트 나누는 것도 도움받을 수 있겠다. 더 좋을 것 같은데?"

나래는 전화를 끊고 안도했다. 이나는 평소 나래의 연습 스타일이나 노래를 부르는 방식에 대해서는 별다른 조언이나 참견을 하지 않았다. 다만 자기 자신에게는 굉장히 엄격한 편이어서 평가 곡을 정할 때도 의외의 잡음이 있던 터였다.

"축제 연습을 동시에 하는 건 좋은데, 자유곡이니 나쁜 습관이 더 잘 드러나겠다."

나래는 이나 정도의 실력이라면 그 반대의 경우가 더 크지 않을까 싶었지만 이나가 그걸 모를 리 없을 테니. 이나가 자신에게 미처 다 토로하지 못한 부담을 무심하게 건드리고 싶지 않았다. 모두의 앞에 서라면 레슨을 통해 다듬어지지 않은 가창을 하길 꺼려 하는 이나의 모습을 처음 알게 된 순간이기도 했다. 함께 노래할수록 이나의 묵직한 마음이 나래에게도 내려앉는 날이 생겼다. 늘 제게 들려주던 가뿐한 목소리가 그립기도, 예전과 달리 귀하게 들리기도 했다.

나래는 헤드폰을 끼고 플레이어를 재생했다.

이나의 가창은 군더더기 없이 깔끔했다. 당연했다. 이나는 레슨을 잘 흡수하는 학생 중 한 명이니까. 나래가 '친구 렌즈'로 바라보자면 원곡자의 창법을 고스란히 자기 것으로 만들어 부르는 수준이었다. 누군가 이나를 보고 "거의 AI네."라고 혀를 내두를 정도였다. 뉘앙스에 호의는 없었지만, 나래는 그것을 칭찬으로 받아들이고 맞장구쳤다.

레슨실에서의 이나와 노래방에서의 이나는 사뭇 다르다. 노래 부를 때 은은하게 느껴지는 긴장된 기운이라든가, 심지어는 음색까지도 미묘하게 달라졌다. 나래는 딱히 필요도 없으면서 노래방 마이크 에코를 올리는 장난스러운 이나뿐만 아니라 음악이 끝날 때까지 짝다리 한 번 짚지 않고 꼿꼿하게 서서 노래하는 이나를 볼 수 있어 신기하고 즐거웠다. 동시에 노래를 대하는 이나의 마음에 깃든 어려움이 느껴졌다. 그건 자신이 이해할 수 없고, 그러므로 섣불리 위로할 수 없었다. 무엇보다 당장 자신은 체득할 수조차 없는 영역 같아서 위축되기도 했다.

나래가 속한 조가 평가에 들어가기 전 쉬는 시간이 주어졌다.

"벌써 세 번짼데 왜 이렇게 떨리지. 망치지만 않아야 할 텐데."

"가사지가 그렇게 울어 있는데, 망치려야 망칠 수가 없겠다."

아닌 게 아니라 나래의 왼손 엄지가 쥐고 있는 한쪽 면에는 희미한 손때와 함께 종이가 일어나 찢겨 있었다.

가창이 끝나고 고을쌤은 평소처럼 나래가 자신 없어 한 구간들을 시범으로 보이지 않고 고생했다는 말부터 건넸다. 그리고 자리에 없는 이나를 불러왔다.

"나래가 부른 것까지 보니까 너희가 파트를 어떻게 나눴는지 알겠다. 이나가 왜 뜬금없는 구간에 힘을 빼서 밸런스를 무너트리나 했더니, 너는 딱 이나가 부를 법한 구간에 너무 힘을 줘서 듣는 사람도 힘들어졌어. 너희도 그냥 대충 잘하고 싶지는 않지? 너무 내 자리, 혹은 상대의 자리를 생각하지 말고 다시 연습해 봐. 너희 둘은 이걸 다음 주 레슨 곡으로 할게."

고을쌤의 말은 나래가 자기도 모르게 이번 축제에서 제 몫을 잘 해내는 것보다 이나한테 잘 보이고 싶다는 생각이 앞섰다는 것을 꼬집어 주는 듯했다. 왜 축제 무대가 즐거울 거라고만 생각했을까?

"배고파? 뭐 좀 먹을래?"

"난 괜찮은데. 넌 많이 배고파?"

"아니, 나도 오늘은 그냥 그래."

"그럼, 일단 집에 갈까?"

"응. 그러자."

"버스 곧 온대."

"오, 다행이다. 빨리 걷자."

'다행은 뭐가 다행이야, 이나래. 이나가 자기랑 빨리 헤어지고 싶은 거라고 생각하면 어쩌려고.'

나래는 이나의 옆모습을 슬쩍 보았다. 그러자 이나도 곧바로 눈썹을 살짝 올리며 '응?' 하는 표정으로 나래를 마주 봤다. 무표정으로 굳어 있던 얼굴이 찰나같이 풀어졌다가, 나래가 별거 아니라고 고개를 젓자 다시 무심하게 돌아가는 게 보였다.

지금 이나는 뭔가를 참고 있구나. 그런데 자신에게 들키고 싶지는 않구나. 이나가 참고 있는 대상이 자신이 아니라는 것 정도는 나래도 알 수 있었다. 불현듯 자기 안을 맴도는 불쾌한 기운을 혼자 소화하고 싶어 하는 마음일까. 그런 건 굳이 묻고 답하지 않아도 느껴지는 성질이었다. 나래도 마찬가지였다.

학원을 빠져나오자마자 자연스레 조심하며 걷고 있는 서로가 나래는 갑자기 우스웠다. 혹평이라면 혹평인 피드백은 아쉬웠지만, 나래는 언제나처럼 받아들일 수 있었다. 소중한 건 이 노래에 둘이 잘 어울린다는 한마디였다. 함께 평가받는 것은 차치하고, 둘에게는 함께 무대를 꾸며야 한다는 목표가 있었다. 나래가 뭔가를 지나치게 의식했다면 그건 이나 때문이 아닌 친구들과 관객 때문이어야 했다.

금방 온다던 버스는 갑자기 전광판에 '24분 후'라는 어처구니없는 숫자를 띄웠다. 나래는 윤이나 순 엉터리네, 라고 장난을 치려다 말았다. 아직 이나는 이 적대감 없는 침묵에 좀 더 머물고 싶어 할지 모르니까.

이상하다. 아까까지만 해도 나래는 알 수 없는 것들에 대해 비틀린 심정이었는데. 말꼬리를 잡듯 제 마음의 계단을 하나씩 거꾸로 올라가다 보니 모른다는 건 아직 판단할 필요가 없는 일이라는 생각이 들었다.

'인생은 끝나지 않는 자습 시간 같은 것.'

자습 감독 선생님이 칠판에 글 쓰는 소리마저 달콤하게 들리는 나른한 아침.

"인생을 통째로 자기 힘으로 배워서 익힌다고 생각해 봐. 거기에 비하면 지금 너희가 견뎌야 할 이 두 시간은 얼마나 짧은 거니?"

제법 무서운 경고이긴 했지만 아이들은 콧방귀도 안 뀌었다. 엎드리는가 싶더니 일어나 의자를 책상 앞으로 바투 끌고, 어깨와 목을 돌리며 허리를 세우기가 무섭게 또 코어가 스르르 무너졌다. 한마디로, 선생님의 말마따나 가만히 앉아서 뭔가를 연습하는 데 집중하기에는 좀이 쑤셨다. 그러나 모두 별수 없이 제자리에서 꿈틀거리며 또 시작된 새 하루를 받아들였다.

부담스럽기만 했던 축제가 그나마 일상에 활발한 기운을 더해 주었다. 하루는 나래의 무대 공포감을 달래 주기 위해 이나가 아이디어를 냈다.

"이날, 무대라고 해 봤자 구령대 사이즈 정도야. 가위바위보 해서 진 사람이 1분 동안 가운데에서 노래하기! 어때?"

"좋아……가 아니라, 내가 한참 불리해! 너는 이런 거 아무렇지도 않잖아."

"나도 떨리거든? 알았어. 그럼 이긴 사람은 관객 하기. 밑에서 응원하는 거지. 대신 노랫소리만큼 크게 하기. 어때? 둘 다 창피한 건 마찬가지지?"

축제를 앞두고 정규 레슨이 없는 날엔 이왕이면 학교에 머무는 시간을 늘렸다. 연습은 음악실에서 했고, 방과 후 수업과 석식 사이 시간을 활용해 무대 위에서 바라보는 시야랄지 주어진 공간을 내 것으로 느끼는 감각을 익혔다. 이나는 이렇게도 말했다.

"나를 위해 마련된 무대가 아니라, 노래를 위해 네가 서 있는 거라고 생각해 봐. 너는 그렇게 생각할 수 있잖아."

어스름한 저녁. 느지막이 하교하는 아이들, 석식을 일찍 먹고 간식을 손에 쥔 채 운동장 트랙을 느리게 도는 아이들이 구령대 앞을 기웃거리다 이내 의아한 얼굴로 흩어지기를 반복하는 가운데 나래는 노래를 했다. 가위바위보는 대체로 나래가 졌다. 워낙 취약한 게임이기도 했지만 나래는 그렇게나마 제대로 연습할 수 있었다. 노래를 잘 부르고 싶어 하는 나보다, 내가 부르기로 정한 노래를 더 위하는 마음을 생각하며 노래를 불렀다.

이나는 약속대로 훌륭한 관객이 되어 주었다. 이나를 알아본 애들 몇몇이 웬일로 학교에 남아 있냐며 옆에 서서 나래의 노래를 경청해 주었다. 그중에는 정현도 있었다. 소영과 유림이 휴대폰 플래시를 켜 콘서트장처럼 손을 흔들 때, 정현은 그 뒤에 가만 서서 고개를 살짝살짝 까딱거렸다. 이나가 나래의 시선을 놓치지 않고 뒤를 한번 돌아보더니 크게 외쳤다.

"이나래 예쁘다!"

그러자 누구도 예상치 못하게 서정현의 웃음이 터져 버렸고, 이어서 "뭐야, 웃어? 너 우리 나래 생긴 게 웃겨?" 하며 애들이 소란을 피웠다.

어느새 켜진 운동장 조명이 아이들의 표정을 환히 비췄다. 빛 때문에 눈을 한껏 찌푸린, 어딘가 좀 피곤해 보여도 하여튼 신나게 부푼 얼굴들이 통통 솟아 있었다. 나래도 노래를 멈추고 마이크 삼았던 생수병을 이나에게 "패스!" 하고 던지면서 허탈하게 웃었다.

"그만해, 이것들아."

그렇지만 언제까지고 계속되어도 좋을 풍경이었다.

✳

2학년 밴드부 보컬이 합주 없이 솔로 곡을 부른다고 소문이 잘못 나는 바람에 나래와 이나의 순서는 밴드부가 자체적으로 꾸민 무대보다 더 집중되는 듯했다. 듀엣 곡이라는 정정에도 시시한 조롱과 거품 같은 기대가 더해져 이러나저러나 뜻밖의 관심을 받게 되었다.

나래와 이나가 부를 노래는 아리아나 그란데의 〈Breathin〉이었다. '축제는 대중가요'라는 공식을 깬 선곡이었다. 가수는 유명했지만 대표 곡까진 아니어서 여러모로 모험적인 시도였다. 무대는 이나가 제안한 만큼, 선곡에는 나래도 힘을 보태고 싶어서 후보를 잔뜩 준비했는데 이나는 무엇을 대든 다 좋다고만 해서 오히려 애를 먹었다.

나래는 이 노래의 후렴구에 반복되는 'Breathin'이 단지 안정을 위한 심호흡이 아니라 불안감에 대항해 내쉬는 숨처럼 강한 힘이 느껴져서 좋았다. 노래를 부를수록 교실을 힘없이 부유하는 한숨들이 떠올라 더 배에 힘을 주기도 했다. 내친김에 나래는 축제 홍보물에 QR 코드를 삽입해 가사의 번역본을 공유할 수 있겠느냐고 건의했다. 다행히 교지 편집부가 흔쾌히 제작을 지원해 주었다.

그리고 드디어 축제 날.

나래와 이나의 순서는 앞쪽이라 아직 대낮에 가까웠지만 조명이 돌아가면서 시멘트 바닥, 나래의 발치 위에 희미하고 동그란 문양을 만들었다.

방송반이 MR을 체크하는 동안 이나는 마이크 높이를 제 키에 맞게 조절했다. 이나는 리본을 뺀 하복을 입었고, 나래는 하복 블라우스에 교복 바지를 선택했다. 신발로 이나는 검은색 컨버스 하이를, 나래는 로우로 맞춰 신었다. 둘은 비슷한 듯 다른 서로를 바라보며 노래할 준비를 마쳤다. 나래는 연신 땀이 배어 나오는 손을 새 바지에 문지르느라 손바닥이 얼룩덜룩하게 물들어 있었다.

유리 모빌이 은은하게 부딪히는 것 같은 신비로운 전주가 흐르고, 나래가 한 음 한 음 정성껏 누르며 첫 소절을 불렀다. 초반부터 그루브가 심한 노래였다. 담담하게, 잔잔한 물결처럼 불러야 하는 낮은음이라 오히려 긴장으로 떨리는 게 티가 더 잘 나는 구간이었다.

높은 옥타브와 가성 랠리가 이어지는 프리코러스에서 마침내 이나의 목소리가 겹쳤다. 두껍고 진하게 뱉었다가 곧바로 가성으로 바꿔야 하는, 말하자면 음절들이 과녁판에 정확하게 꽂히는 다트처럼 뻗어 나가다 한순간 깃털처럼 떠올라야 했다. 이런 변주들이 공식처럼 하나하나 의식이 되면서도 연습량 덕분인지 그럭저럭 불러 나가는 스스로를 느끼면서 나래는 틈틈이 가빠지려는 호흡을 가다듬었다.

이나의 단독 코러스에서 나래는 비로소 질끈 감은 눈을 떴다. 운동장이 이렇게 넓었나. 걱정했던 것과 달리 사람들 얼굴이 하나하나 제대로 보이진 않았다. 햇빛이 눈부셔 오히려 다행이었다. 이나의 노래를 감상할 틈도 없이 백코러스를 넣어야 했다. 가사를 떠올리는 머리보다 목소리가 먼저 반응해 박자와 함께 울려 퍼졌다. 불어오는 바람이 힘을 잔뜩 준 나래의 다리와 팔, 머리칼에 가려진 얼굴을 차례로 쓸고 지나갔다.

2절에서는 시선이 좀 더 자유로워졌다. 이나가 마이크를 분리하는 모습이나 머리를 쓸어 넘기는 모습이 눈에 들어왔고, 나래도 리듬을 따라 몸을 살짝 흔들었던 것 같다. '웬 팝송이야.' 하며 시큰둥하던 아이들도 가사를 보는 김에 휴대폰을 흔들었다. 며칠 전 구령대에서의 조촐하고 다정했던 저녁처럼 몇몇이 플래시를 켜 주기도 했다. 날이 아직 환하다는 게 아쉬울 뿐이었다.

'시간이 흐를수록 마음을 진정시킬 수 없다'는 가사와 달리 브리지를 지나 마지막 코러스가 애드립과 함께 반복될 때는 배와 목에 들어

가는 힘이 저절로 조절되는 게 재미있다고까지 느껴졌다. '뭘 어떻게 해야 할지 모르겠지만, 그저 일단 숨을 쉬라'고 간절하게 터뜨리는 가사가 이어지다가 이윽고 마지막 마디에 다다랐다. 낼 수 있는 모든 소리를 쏟아 내 마지막 가사를 터트렸다.

"I keep on breathin! 난 계속 숨을 쉴 거야!"

둘은 들썩이는 어깨를 진정할 새도 없이 가슴에 손을 얹고 고개 숙여 인사했다. 나래는 머리카락이 앞으로 쏟아지는 순간 얼굴에 자연히 미소가 번지는 걸 느끼면서 무사히 끝났구나 싶어 안도했다. 그리고 순간적으로, 한 곡의 노래를 충분히 위하기에는 조금 전의 시간이 무척 짧다고 느꼈다.

✳

유림과 소영이 안겨 준 꽃다발을 들고 학교를 누볐다. 축제는 지금부터였다. 넷이 교실 곳곳을 함께 돌아다니는데 야심차게 네일숍을 꾸민 반이 있기에 나래는 둘에게 젤네일을 선물하기로 했다. 아이구, 고맙습니다, 선생님. 사양하지 않고 호들갑 떠는 모습에 나래는 배로 기분이 좋아졌다.

"파츠까지 올리면 벌점 받겠지?"

"새끼손톱 위에 작게 하나만 할까?"

"그럴까? 애초에 네일아트 이벤트를 허락해 줬으니까 괜찮겠지?"

나래의 지갑 사정이야 어떻든 책상 위에 얌전히 손을 올려 두고 나래를 쳐다보는 둘. 친구를 이렇게 귀여워해서 어쩌지 진짜. 두 친구의 손톱 위에 각각 큐빅과 아이스크림 파츠가 올라가는 동안 나래는 이나와 꽃다발을 이리저리 움직이며 셀카를 찍었다.

그때 복도 쪽 창문에서 익숙한 얼굴 하나가 올라왔다. 머리카락이 잔뜩 젖은 정현이었다. 정현은 눈인사를 하더니 저벅저벅 교실 안으로 들어왔다. 나무 바닥에 옅은 물기와 함께 정현의 발자국이 찍혔다가 이내 스며들었다. 후문에서 한바탕 물풍선 게임을 하는 바람에 체육복으로 갈아입으려고 올라왔단다.

"아까 잘 봤어. 멋지더라."

"고마워. 근데 뭐 처음 보는 사람처럼 말하냐."

정현은 그러게, 하며 멀뚱히 머리를 털다가 할 말이 생각났다는 듯 말했다.

"아, 그런데 평소보다 잘했다고."

"진짜? 고마워."

정현의 손끝으로부터 떨어져 나온 물방울이 나래의 어깨와 얼굴 근처에 몇 방울 튀었다가 닦을 새도 없이 스며들었다. 딱히 덧붙일 말도 없지만, 말문이 막힌 기분이었다. 뒤편에서 친구들은 "아, 진짜요?" 하고 나래를 흉내 냈다. 나래는 막 무대를 내려왔을 때처럼 어지러웠다. 그리고 정현은 어떤 상황에도 아랑곳 않고 하고 싶은 말을 잇는 데 재주가 있는 친구였다.

"오늘 노래, 내 플레이리스트에도 추가했어."

나래의 머릿속에 대화를 멈출 만한 좋은 아이디어가 떠올랐다.

"아, 진짜요? 그럼 너도 네일아트나 할래?"

반은 농담이었는데, 소영과 유림이 앉았던 자리에 정현도 기다란 손가락을 쫙 펼친 채 제대로 자리를 잡았다. 뭐 저런 애가 다 있지. 어리둥절한 표정을 짓는 게 정현이 아니라 자신이라니, 웃음이 터졌다. 오며 가며 들른 남자애들이 더러는 핀잔을 주고 더러는 장난삼아 해 본다고 줄을 서기도 해서 또 와르르 소란했다. 여름에 가까워진 낮은 아직 한창이었고 매니큐어가 굳는 동안 정현의 뒤통수도 보송하게 말라 갔다.

어쩌다 보니 소영과 나래, 유림의 등 뒤로 이나와 정현이 뒤따라 걸으며 남은 축제를 둘러보게 되었다.

"야, 서정현. 너 왜 자꾸 우리 따라와? 유림이랑 나는 윤이나래 주려고 꽃도 사 왔어. 넌 뭐 없어?"

소영의 장난에 정현이 떡볶이를 쏘겠다고 했다. 아무래도 농담이라는 걸 모르는 것 같은 정현이 애들에게 어묵 국물을 한 컵씩 따라 주면서 밑에 냅킨까지 받쳐 건네는 모습은…… 재미있었다. 쟤도 참. 자기 입가에 묻은 떡볶이 국물부터 좀 닦지…….

"꺄아아아아~ 너무 예쁘다!"

1학년 중 한 반이 교실을 꼭 아이돌 생일 카페처럼 꾸며 놓는 바람에 유림의 눈이 뒤집혔다. 즉석카메라로 스티커 사진을 찍으면 컬러 종이컵에 부착해서 나눠 주는 이벤트까지 하고 있었다. 창문을 금박으로 된 파티 커튼으로 가린 뒤 헬륨 풍선을 매달아 포토존을 만들고, 책상 한쪽에는 플레이어와 기부받은 시디들을 쌓아 둔 채 직접 플레이트를 여닫으며 음악도 들을 수 있었다. 대체로 아이돌 앨범이 많았지만, 연주곡이나 인디밴드, 해외 가수의 에디션 등 사이사이 뜻밖의 목록도 끼어 있었다. 나래가 감탄하는 동안 이나는 이미 4분단 셋째 줄 즈음에, 파티션으로 가림막을 쳐 둔 곳에 자리를 잡았다.

"뭐 해?"

"1년 뒤 나한테 쓰는 편지래."

"오, 언제 보내 주는데?"

"내년 축제 때 찾을 수 있나 봐."

"그때까지 이걸 누가 보관하는데? 잃어버리면 어떡해."

"학생회실 창고. 발송을 원하면 주소를 써도 되고, 안 찾아가면 축제 끝나고 그대로 폐기."

"꼭 네가 준비한 것처럼 술술 나오네. 지금 너무 진지한데?"

"그냥, 일기처럼 남겨 두려고. 오늘 너무 특별하잖아."

나래는 그제야 자신이 너무 허허실실로 오후를 보낸 것 같아 뜨끔했다. 맞다. 올해 축제는 작년과 비교할 수 없을 만큼 특별한 축제다. 어쩌면 내년과 비교해도 그렇겠지. 아예 나래가 지금까지 보낸 모든 봄과 비교해도 전혀 다른 계절이었다. 나래는 이나의 책상 맞은편으로 가 의자에 턱을 괴고 앉았다. 미안하단 말은 좀 후지고, 이나 말마따나 오늘처럼 특별한 날엔 어울리지도 않았다.

"이나야, 고마워."

"갑자기?"

"축제 같이 나가자고 해 준 거. 축제 준비하느라 고생한 거. 사실 나 실수 조금 했는데 모른 척해 준 것도 다."

"실수는 진짜 몰랐는데. 그리고 나도 엄청 했을걸? 와, 같이 하니까 더 떨리는 거 있지."

"고을쌤도 보셨으면 좋았을 텐데, 그치?"

이나가 덧붙이는 말에 나래는 그동안 연습했던 날이 하루하루 스쳐 갔다. 무심코 손을 찔러 넣은 치마 주머니에선 딱지 모양으로 접힌 가사지가 잡혔다. 코끝이 시큰거렸다.

"여운에 좀 잠기고 그래야 하는데 내가 이렇게 무드가 없다."

"나는 네가 하루 종일 기분이 좋아 보여서 좋기만 한데."

"지금 나 막 들뜨고 신난 거, 다 오늘 너랑 노래한 덕분이야. 알지?"

"아니까 나도 지금 이러고 있지. 이날의 몫까지 내가 좀 너 기억하려고."

하루가 다르게 천천히 저물던 노을이 어느새 창밖에 가득했다.

소영이는 실컷 잘 놀았다며 개운한 표정을 짓더니 돌연 도서관에 가겠다고 해서 모두를 놀라게 했고, 유림도 쿨하게 학원으로 빠졌다. 정현은 운동장 의자들이 정리되고 어슬렁거리던 사람들도 흩어지자 기어이 축구 한 판은 꼭 해야 한다는 남자애들한테 끌려 갔다. 골대로 달려가 폼을 잡는 정현의 손가락에는 색색의 네일이 덧대어져 있었다.

그러므로 늦은 하굣길은 여느 때와 마찬가지로 이나와 나래, 둘뿐이었다. 마침내 둘만 남자 언제나처럼 시시콜콜한 잡담만 나누다 헤어졌다.

*

집에 도착한 뒤 나래는 가사지를 클리어 파일에 끼워 넣는 대신 접은 모양 그대로 오래된 일기장에 붙여 놓았다. 오랜만에 일기를 쓸까 하다가 이나가 미래에 부친 일기가 생각이 났다. 내년 오늘이 돌아오면 그 일기를 달라고 졸라 봐야지. 만약 오늘 우리가 서로 묻지 못한 안부가 있다면 미래에 완성할 수 있을 것이다.

샤워를 하고 몸이 나른하게 따듯해졌지만 곧장 잠이 오진 않았다. 나래는 침대에 누워 유림이 보내 놓은 영상 속 무대 위 둘의 모습을 몇 번이고 재생했다. 언젠가 연습실에서, "우리 이렇게 한 소절씩 주고받으니까 꼭 대화하는 것 같지 않아?" 하던 이나의 말이 떠올랐다.

아이들의 환호와 박수를 받으면서도 가사를 잊을까 봐, 음이 나갈까 봐, 박자를 놓칠까 봐, 바이브레이션이 꼬일까 봐, 침을 넘기다 갑자기 사레들릴까 봐, 정작 이나와는 충분히 호흡하지 못한 게 그제야 아쉬웠다.

노래가 소리로 마음을 주고받는 일이라면 이나와 자기 사이를 오가는 속도는 알맞은지 궁금했다. 나래는 우선 자신이 어떤 템포로 흘러가고 있는지 알아야 했다. 그동안은 멈춰 있는 게 아닌가 싶을 정도로 느리다 생각했는데, 지금은 또 너무 빠른 게 아닐까 걱정이 됐다. 인생이 노래라면 나래는 제 삶을 쓴 작곡가에게 묻고 싶었다. 나는 지금 어디쯤 와 있는 거냐고.

트랙 5
상쾌한 파랑

첫 번째 무대에 서고 나면 무슨 일이 벌어질까 궁금했는데 달라지는 것은 아무것도 없었다. 한동안 신관과 본관을 오가며 나래를 곁눈질하는 사람이 많아지긴 했어도 보름을 채 못 갔다. 다행히 주변의 수군거림도, 무관심도 나래에겐 아무런 영향을 미치지 못했다. 한 번의 특별한 경험 뒤에도 나래는 계속 레슨을 다니며 노래하는 계절을 보내고 있었으므로. 나래를 자극하는 변화는 이런 것이었다. 첫 번째 무대 다음에는 두 번째 무대를 상상하는 일이 더 쉽다는 것.

다음 무대에도 이나와 함께할 수 있을까? '함께해야지!' 대신 의문형의 상상으로 끝이 나는 건 요즘 들어 이나와의 연락이 느슨해졌기 때문이다. 매일 등하굣길을 함께하고 일주일에 두세 번씩 학원을 오가니 누군가는 이미 충분한 거 아니냐고 할 수 있지만, 나래로서는 자신이 느끼는 이나의 공백이 눈에 띌 정도라는 점이 중요했다.

'그럴 수도 있지. 어떻게 모든 것을 함께할 수 있겠어? 모든 것을 알 수 있겠어?'

나래가 노래를 하기 전에는 당연했던 간극이었다. 오히려 지금까지 이나와 필요 이상으로 긴밀했다는 것도 안다. 그렇지만 나래는 혹시 요즘 무슨 일 있느냐고 이나에게 물어보는 것조차도 자존심이 상할 만큼 서운했다. 묻기 전에 나래가 눈치채고 싶거나, 아니면 이나가 먼저 알려 주었으면 싶은 종류의 성질이니까.

사실 나래를 정말로 불편하게 만드는 감정은 따로 있었다. 주말에 학원에서 나래 혼자 연습을 하고 있노라면 오만한 생각이 솟았다.

'왜 열심히 안 하지?'

닫힌 입 안에서 자기도 모르게 이를 꾹 누르고 있느라 버스에서 내려 숨을 쉬면 턱이 얼얼한 날도 있었다. 내일이 되면 다시 버스를 타고, 버스에서 내리고, 또 다음 날 버스를 타는, 이런 루틴이 나래에겐 비로소 일상처럼 느껴지기 시작했는데. 이나처럼 4년, 5년을 매일 반복하다 보면 마음이 변하기 마련이겠거니 싶어도 하필 그 타이밍이 지금이라는 게 내심 억울했다.

나래의 마음이 빠듯해지는 것과 달리 교실에는 하루가 다르게 나른한 공기가 넘실거렸다. 다들 평소보다 훨씬 더 놀고 싶어 했다. 과목 선생님들마다 '정신들 좀 차려라.' 하는 말을 구호처럼 외치고 수업을 시작했다. 가까워지는 게 기말고사뿐만이 아니라는 것을 아이들은 알았다.

달갑지 않은 미래. 아니, 미래라는 말은 너무 희망적이다. 아직 자신이 원한 미래를 한 번도 가져 보지 못한 아이들에게 미래는 불공평한 게임에 계속해서 강제로 참여하는 약속에 가까웠다. 미래를 위해서 공부해야지, 지금은 미래를 위해 투자하는 시기야. 세상은 아이들에게 겉으로나마 그 말을 성실히 따를 수밖에 없게 만든다. 그러면서 교과서 밖의 질문들, 일테면 지금 당장 행복할 순 없는 걸까 하는 의구심은 죄다 자습의 영역으로 밀어 두게 한다.

요즘 나래는 자주 의아했다. 뭐랄까, 자신의 일상이 너무 평온하게 느껴진 것이다. 친구들과 달리 고민의 크기가 축소되었다는 느낌이 나래의 일상을 간편하게 했다. 그러면서도 '이게 맞나?' 싶은 기분이 나래를 따라다녔다.

지금이 마음에 든다는, 만족스러운 감각은 이상했다. 확실히 몇 해 전의 날들은 호불호를 따질 수 있을 만큼 구체적이지 않았다. 몇몇 시기를 통과하는 동안 나름대로 고충이 있었지만 나래 자신의 문제라기보다는 대체로 부모로부터 비롯된, 가족 전체가 짊어지는 어려움에 가까웠다. 그마저도 자신의 몫은 일부에 불과했다고 스스로 생각했다(방금도 이런 너그러움에 조금 놀랐다). 때문에 정면으로 부닥칠 것 같은 고통도 흐린 눈을 하면 스치는 정도로 피해 갈 수 있었다. 지탱해야 할 현실이 얼마나 무르거나 단단한지 가늠하지 못한 채 떠다녔던 날들.

어른들이 들으면 코웃음 칠 소리지만, 나래는 노래를 시작하면서 이제야 인생이 손에 좀 잡히는 것 같았다. 주먹을 쥐면 곧장 가려질 아주 작은 크기이기는 해도, 주무르는 대로 모양이 변하는 지점토 같은 덩어리처럼 어떤 형태가 주는 만족감이 있었다. 나래는 가사지에 카피를 하다 말고 주먹을 쥐었다 폈다. 지금처럼, 들리는 대로 느낌을 받아 적고, 부를 수 있는 만큼 표현하는 것만으로 적당히, 다음, 다음, 그다음 레슨 곡으로 넘어가는 삶은 언제까지 계속될 수 있을까?

친구들과 달리 자신만이 아는 영역에서 다음 스텝으로 넘어가고 있는 것에 우쭐해지다가도, 나래는 자신이 노래에 이 삶을 완전히 의탁하고 있다는 생각이 들곤 했다. 일주일에 두 번, 한 시간씩 정규 레슨을 받고 그 밖의 시간엔 내키는 만큼 연습을 하는 것. 여기서 뭘 더 어떻게 해야 할까? 피아노나 기타처럼 노래와 짝을 이루기 좋은 악기를 배워 둬야 하나, 무대 경험을 쌓으려면 역시 좀 부끄러워도 버스킹이 답일까, 아니면 유튜브에 커버 채널을 만들어 볼까. 어느 세월에 구독자를 모으지? 저번에 혼자 코인노래방에서 부른 게 대박이었는데 저장 좀 해 둘걸. 다음엔 인스타그램 하이라이트에 모아 둬야겠다. 그래, 이 실력으로 채널 개설까진 좀 무리겠지…….

이 와중에도 나래는 방금 제 귓가를 건드린 독특한 바이브레이션을 잊지 않기 위해 가사 위로 직선과 물결 표시를 번갈아 그리다 샤프를 탁 소리 나게 내려놓았다. 또 이러네. 불안해하지 않는 것을 불안해하면서 갑자기 자신을 달달 볶게 된다. 조금이라도 만족에 취할라치면, 이게 전부여선 안 된다고 말하는 목소리가 들린다.

주말 아침부터 단톡방을 깨운 이나는 정작 컨디션이 좋지 않다며 금세 자취를 감췄다. '굿모닝'과 '오늘 상태 너무 안 좋음' 사이의 간극은 10분도 채 되지 않았다. 반면에 유림은 학교 정류장을 지나가는 거의 모든 버스 종점역인 화훼 단지로 촬영을 나왔다며 꽃 사진만 수십 장을 보내왔다.

약속 없는 사람들은 만나서 각자 할 일이나 쉬엄쉬엄하자고 제안한 것은 소영이었다. 일단 소영이 지칭한 '할 일'이 6월 모의고사 기출문제 풀이가 아니라는 것은 너무도 자명했다. 약속 장소가 시내 한 가운데에 있는 공원이라는 점도 마음에 들었다. 소영은 어느 곳에서나 읽을 책 한 권만 있으면 시간을 때울 수 있는 사람이었고, 나래 역시 반드시 해야 할 일이라고는 귀를 틀어막은 채 뭔가를 듣거나 부르는 일밖에 없었지만. 그 아이러니함에 까딱하다간 질리겠다 싶은 요즘이었다.

탁 트인 곳에서 친구와 적당한 거리를 두고 머무는 휴식. 소영은 우리같이 어린 애들한테는 그런 게 필요하다는 걸 기민하게 느끼는 친구였다. 소영과 함께일 때 나래는 자신이 얼마나 어린지를 문득 체감하는 동시에, 이토록 어린 우리도 이미 얼마나 구체적인 인간인지를 깨닫게 됐다.

소영은 공원 진입로에 위치한 중고 서점에서 나래를 기다리고 있었다. 그곳은 가끔 갔던 프랜차이즈 햄버거 가게가 있는 건물 3층이었는데, 직접 방문한 것은 이번이 처음이다. 엘리베이터를 찾던 나래를 소영이 건물 측면으로 안내했다. 아치형 유리로 감싸진 외부 계단이 신관으로 올라가는 것과 비슷한 모양이라 주말에 소영을 학교에서 만나는 기분이었다.

소영은 꼭 이곳의 노련한 아르바이트생인 양 카페 구역과 나래가 흥미를 붙일 법한 장르가 모여 있는 섹션, 그리고 굿즈나 앨범을 파는 곳을 꼼꼼히 일러 주고는 홀연히 서가 속으로 사라졌다. 나래도 정수리만 간신히 보이는 소영을 눈으로 쫓으며 근처를 기웃거리다 이내 다른 방향으로 몸을 틀어 곳곳을 돌아다녔다.

독서 취향이랄 것이 없었으므로, 나래는 표지가 아름다운 것, 혹은 어떤 가수나 노랫말을 연상시키는 제목의 책들을 무작위로 꺼내 펼쳐 보다 다시 끼워 넣기를 반복했다. 그 행위가 꼭 음반 가게에서 앨범을 '미리 듣기' 해 보는 것과 닮아 있어서 이 시간이 의외로 지루하지 않았다. 책의 목차는 앨범의 트랙 리스트, 작가의 말은 땡스 투, 판권 페이지는 크레딧이라고 생각하니 더 재미가 있었다. 책의 꼴이 한 장의 음반과 다르지 않다는 게 신기하기도 하고, 왜 이제야 알았을까 이상한 놀라움이 일었다.

그때 소영이 책 세 권을 품에 안고 의기양양한 표정으로 다가왔다. 소영이 책을 고를 땐 이런 분위기구나. 쉽게 들뜨지 않는 소영의 드문 표정을 마주하니 덩달아 좋았다. 소영은 자기가 읽은 책을 마구 영업하는 스타일은 또 아니어서, 그저 "세 권을 사도 만 이천 원!"이라고 뿌듯하게 외쳤다. 그리고 같이 와 줘서 고맙다면서 마음에 드는 앨범이 있으면 자기가 사 줘도 되냐고 물었다. 나래에게 카세트든 시디든 실물 음반을 들을 수 있는 플레이어가 있을 거란 전제하에 한 질문이었다.

나래의 집에는 낡은 오디오가 있었고, 엄마가 종종 라디오를 들었던 것을 기억하지만 오디오에서 음악이 재생된 적은 없다. 하지만 이참에 시도해 보면 좋겠지 싶었다. 혹 재생 기능이 고장 났더라도, 실물 앨범을 소장하는 재미라는 게 있으니까.

나래는 이왕이면 아주 낯선 음악을 듣고 싶었다. 디자인이 가장 예스러운 앨범을 고르다가 초록빛으로 투명한 케이스가 눈에 들어왔다. 흠집이 제법 난 케이스를 여니 의외로 티 없이 깨끗한 시디가 프리즘으로 빛났다. 누가 시디를 거꾸로 넣어 두나. 나래는 조심조심 앨범 재킷 프린트를 정방향으로 돌려놓고 가사집을 보았다.

첫 장 한가운데에 크게 적힌 〈해빙海氷〉이라는 앨범명은 두 번 생각해야 이해할 수 있었다. 녹는 것이 아니라 얼어 있는 이미지의 해빙이었다. 정작 배경이 되는 사진은 어느 나라인지 모를 기차역의 플랫폼이었는데, 뭔가 수수께끼 같은 앨범이었지만 나래는 이미 이름에서부터 마음을 뺏겼다. 해빙, 바다 얼음이라니. 곧 한여름이 시작될 테지. 생각만 해도 가슴이 시원하게 식는 기분이었다.

과학 시간에 남극과 북극의 바다 얼음은 태양 빛을 반사해 지구의 온도를 조절하는 역할을 한다고 배웠다. 햇빛을 잔뜩 흡수하되 쉽게 녹아 버리지 않고 꿋꿋하게, 단단한 모양으로 바다 위에 떠 있는 얼음. 이 앨범엔 그런 노래가 담겨 있을지도 모른다.

크레딧을 보니 2000년 초반에 발매된 앨범이어서 나래는 헉 소리가 절로 나왔다. 20년이 지나 나래에게 발견된 앨범이라면 제목도 바다 얼음인 '해빙海氷'이 아니라 녹는 얼음인 '해빙解氷'이어야 마땅할 것만 같은데. 하지만 이 앨범도 결국 녹아 사라지지 않았기 때문에 여기에 도착할 수 있었던 거겠지. 나래는 스트리밍 사이트에서 앨범 트랙을 검색해서 들어 본 뒤 구매를 결정할 수도 있었지만 그러지 않았다. 곧이어 소영에게 흠집 많은 앨범을 내밀었다.

점심은 나래가 극구 우겨서 소영 몫까지 살 수 있었다. 햄버거 세트 두 개를 포장하고 만국기가 심어져 있는 언덕을 건너 공원 한가운데에 들어섰다. 푸른 수국도, 숲을 이룬 키 높은 나무들도, 동화 같은 풍차 조형물도 좋았다. 소영은 호숫가의 윤슬을 정면으로 볼 수 있는 벤치로 나래를 안내했다. 눈이 좀 부시긴 해도 아직은 시원한 날씨였다. 다소 습한 바람도 풀냄새가 섞여 있으니 끈적거리기보단 응당 이 계절을 채워야 할 주인처럼 느껴졌다.

"요즘 어때?"

소영이 기습했다. 순간적으로 이나와의 관계가 가슴을 쿡 찔렀지만, 이나가 없는 자리에서 이나 이야기를 하고 싶지 않았다. 소영이 듣고 싶은 것도 나래의 요즘 삶일 것이다.

"답답하지."

"정말? 의왼데?"

"왜, 나 살 만해 보여?"

"어우, 그렇게까지는 자신 없지만 그래도 재미있어 보여."

"맞아……. 하루하루는 재미있는데, 뭔가 나아간다는, 나아진다는 느낌이 없어."

"오늘 여기저기 데리고 다녀야겠구만."

"제발요. 가만 보면 네가 우리 중 제일 부지런해. 그것도 조용히."

"딱히 아니라곤 못 하겠다."

"그럼 네가 제일 살 만한 거 아냐?"

"사는 것 자체는 문제가 없지."

"와, 여태 그런 마음으로 살고 있었다고? 갑자기 되게 부럽다."

소영은 자기가 자신만만해서 그런 게 아니라며 급히 변명했다. 성적도, 용돈도, 성격이나 생긴 것도 그럭저럭 아니면 마음에 안 드는 구석이 더 많은 편이지만, 그게 사는 데 마이너스를 주는 것 같지는 않다고. 스스로 어찌할 수 없는 건 고정 점수로 두고, 유동 점수를 후하게 준다고 했다.

"예를 들어 오늘 같은 하루가 끼어 있으면 종합 점수가 갑자기 확 올라가는 거야. 이런 식으로 사는 게 좋은 건지 나쁜 건지는 모르겠지만."

"방금 너 뭐랄까, 좀 주인공 같았어."

나래가 벌어진 입을 부러 계속 안 다물고 소영을 쳐다봤지만 소영은 개의치 않고 말을 이었다.

"그래서 너가 답답하다고 한 말, 나는 그게 뭔진 잘 모르지만 너나 이나처럼 하고 싶은 게 있는 애들은 그렇게 답답해하고 의심하면서도 계속해야만 하는 거 아냐? 이건 염장 지르는 거 아니고 진짜로."

"응, 그런데 그 계속을 어떻게 해야 하는 건지 모르겠어."

"그래도 언제를 고민하진 않네."

"어?"

"언제까지 이렇게 지내야 하나, 같은 걱정은 아니라고."

"내가 아직 그런 끝, 같은 걸 생각할 짬이 안 돼서 그래."

"아무도 알려 주지 않는 걸 계속하려는 건 멋지고."

"아니, 나도 어떻게 하는 건지 모른다니까."

"그런데 하고 있잖아. 계속할 거 아냐? 알게 될 때까지."

"……."

"하고 싶은 건 그런 게 아닐까? 난 잘 모르지만."

소영은 특유의 '아님 말고' 표정을 지었다. '난 잘 모르지만'은 소영의 말버릇이었다. 소영은 '잘 모르지만' 나래가 레슨 곡으로 처음 면을 튼 노래를 곧잘 알았고, 유림에게 채널에 도움이 될지는 '잘 모르지만' 이왕이면 귀찮아도 브이로그 클립을 건너뛰지 말고 좀 더 상세하게 자막을 다는 것이 어떻겠냐며 제안할 줄 아는 열여덟이었다. 잘 모르니까, 잘 모르기 때문에 더 섬세해지는 소영이 보였다. 그래서 타인에 대해 좀 더 생각할 수 있는 소영이.

나래는 소영을 보면서 뭔가를 아주 잘 알게 되기를 바라기보다 모르는 채로 조심조심 다가가는 태도를 배우고 싶어졌다. 친구에게도, 제 삶에도. 몰라서 답답하다고 등을 돌려 버리는 게 아니라 그럼에도 다가가는 용기를 쌓아 가면서.

세상 무심한 얼굴로 가방 가득 책을 이고 지고 다니는 소영은 어쩌면 우리 중에서 세상에 가장 관심이 많은 건지도 모르겠다. 나래는 소영의 그런 비밀스러운 묵묵함이 좋았다. 소영에게도 무진 애쓰고 싶고, 안달이 나는 일들이 있겠지. 소영이 틈만 나면 책을 들여다보는 이유가 거기에 있을 터였다.

"너가 왜 하고 싶어 하는 마음을 잘 몰라? 도서관 사서 선생님 하고 싶다고 했잖아."

"그거야 전공 학과 떠올리기도 쉽고 해서 맞춰서 쓴 거지. 관심이 있기도 하지만."

"이것 봐, 또 자기 마음은 별거 아닌 것처럼 말하지. 남 얘기는 심각하게 잘 들어 주면서."

소영은 아니라며 고개를 휘휘 젓더니 사뭇 진지하게 덧붙였다.

"그래도 이 말은 가끔 생각나. 책에서 읽었는데, 사서가 책을 통해 경험한 정보를 누구에게나 무상으로 나누는 것. 그게 도서관 사서 쌤들이 하는 일이래. 좀 멋지지 않아?"

"누구에게나 무상으로…… 완전 플렉스다."

"내 말이. 그리고 내가 빌린 책 뒤에는 어떤 사서 쌤의 이야기가 숨어 있었을까, 궁금하기도 하고. 그렇게 생각하면 도서관을 채우는 게 단순히 책이라기보다는 사서 쌤들이 관찰한 세상 같아. 뭐 나도 해보지 않았으니 그걸 어떻게 책과 잇는 건진 모르겠지만."

"근데 그거 딱 너 아냐?"

"뭐가 나야?"

"몰라, 그냥 평소의 네가 생각났어. 넌 늘 우리한테 아무도 알려 주지 않은 걸 알려 주니까."

그리고 나래에겐 어쩌면 이 순간의 소영은 잊었을지도 모르는 장면이 생각났다. 소영이 진로 계획서 장래 희망란에 '도서관 사서'라고 쓴 것을 알게 된 날이었다. 나래는 어떤 도서관을 만들고 싶으냐고 물었다. 그때 소영의 대답은 몹시 인상적이었는데.

"사서는 도서관을 만드는 사람은 아니지만……. 아니다, 어떤 의미에서는 그렇다고 볼 수도 있겠네. 어떤 도서관을 만들어야 할지 아직은 잘 모르겠는데, 나래 네가 그렇게 말하니까 갑자기 도서관을 만드는 사서가 되어야겠다는 생각이 들어."

언제 이 말을 되돌려 줄까. 오늘처럼 소영이 나래를 꾀어냈듯, 나래가 소영을 데리고 걸어 볼 날을 위해 조금 더 간직하기로 했다.

✳

흰 구름 떼로 가득한 하늘 아래 나래네 반 단합 대회가 열렸다. 단합을 도모하기에는 삼삼오오 흩어져서 늘어지기 좋은 한강 공원이라는 점이 의아했지만, 그래도 느슨한 단합이라는 점에서 아이들은 자유를 느꼈다.

당연히 한강을 처음 가 보는 아이들도 있었고, 작은 소풍 같은 이번 단합은 단지 교실을 벗어나는 게 아니라 자신들이 조금 더 멀리 갈 수 있는 존재라는 걸 몸소 겪는 일이기도 했다. 모든 아이가 이 하루에 숨겨진 의미를 직선으로 느끼지 못해도 괜찮을 것이다. '아니, 이럴 거면 한강을 왜 와?' 싶으면서도 '이러려고 한강에 왔구나.' 싶을 테니까.

30명 남짓한 인원이 비슷한 시간대에 움직이려다 보니 지하철 플랫폼에 낯익은 얼굴들이 보였다. 매일 보는 얼굴인데도 사복을 입어서 그런가, 조금씩 낯선 느낌이 있었다. 아무리 평소보다 머리에 힘을 주고 화장을 진하게 해도 앳된 티를 벗을 순 없었다. 심드렁한 표정으로 휴대폰만 쳐다봐도 아이들이 몰려 있는 자리마다 묘하게 들뜬 기운이 응집되는 것 같았다.

나래도 스크린도어를 거울 삼아 앞머리를 정리하는데 조금씩 마음에 들지 않았다. 헤어롤을 너무 세게 말았나. 집에서는 분명 괜찮았는데……. 오늘따라 유난히 입을 게 없어 제일 심심한 옷을 고른 건 그나마 잘한 일이었다. 무난해 보이는 부분이 하나라도 있어 다행이었으니까. 나래는 화장실에 간 소영이 오자마자 다른 애들과 최대한 떨어진 칸으로 가자고 말했다. 다음 역에서 타겠다는 유림에게 플랫폼 번호를 보내 놓았다.

몇 정거장 후, 유림의 뒤로 정현이 제 무리와 함께 올라탔다. 나래는 유림에게만 눈에 띄게 인사했지만 역을 거듭할수록 지하철은 점점 만석이 되어서 결국 앉으나 서나 모두 제법 붙어서 가는 꼴이 되었다. 괜한 어색함도 잊고 교실에서처럼 광역적인 수다를 떨다 어르신께 한 소리를 듣고 나서야 애들은 다시 잠잠해졌다. 나래와 유림은 간간이 내리는 사람들을 눈으로 쫓다가 간신히 자리에 앉았다.

환승역까지는 아직 한참이어서 나래는 유림에게 제 어깨를 내어 주고 자신도 유림의 머리를 베개 삼아 잠깐 눈을 붙였다. 그러다 퍼뜩 눈을 뜨니 유림은 이어폰을 낀 채 유튜브를 보고 있었고, 남은 옆쪽에는 정현이 앉아 있었다. 맞은편 좌석에 앉은 소영이 일어났냐는 듯 눈짓을 했다. 열차는 지상을 달리고 있었다. 빼곡히 서 있던 사람들이 빠지자 한산해진 바닥으로 긴 빛줄기가 들어왔다. 늦은 오전, 서로 작은 대화조차 나누는 이 없어 쿠궁쿠궁, 진동하는 소음만 도드라져 지하철 풍경이 오히려 고요하게 느껴졌다. 나래가 다시 눈을 감으려는데 정현이 말을 붙였다.

"너 잘 자더라."

"학교에서보다 더 졸린 거 실화냐."

"다시 안 잘 거면 노래 들을래? 내 친구들은 다 게임 중이라."

"오, 플레이리스트 자신 좀 있나 본데?"

"그건 아니지만……. 내가 좋아하는 노래들이니까."

"사람들은 플레이리스트에 보통 좋아하는 노래를 넣어."

"그거 생각보다 어려운 일이야."

"넌 공부는 잘하면서 참 별게 다 어렵다."

"좋아하는 걸 모아 두는 거, 난 재생 목록 말고 없던데. 이것도 간신히 채웠어."

훅 들어온 정현의 말에 나래는 가슴이 붕 떴다 내려앉는 것 같았다. 풀어지려던 긴장이 다시 조이는 기분. 농담으로만 한 말은 아닌 것 같았다. 실상 나래도 정현과 다르지 않았다. 휴대폰을 끄면 모두 조금씩 외로워지는 이유가 정현의 말마따나 좋아하는 마음의 방 같은 게 많지 않아서인가 싶었다.

"그럼 한번 들어 볼까~"

정현과 나눠 낀 이어폰에는 몽롱한 멜로디에 신시사이저 베이스가 풍부한 노래가 흘러나왔다. 어차피 외국 곡이긴 했지만 어느 소절에도 가사가 똑바로 들리지 않고 뭉개져 조금은 음울하기도 했다. 확실히 대낮보단 새벽이 어울리는 노래들이었다. 이 방의 썸네일 사진으로는 희미한 네온사인이 띄워져 있는 안개 낀 밤거리가 좋을 것이다.

정현도 잠들기 전 밤을 견디는 내공이 만만치 않을지도 모른다. 그래서 나래는 조금 의외였다. 자신이 정현에 대해 어떤 이미지를 갖고 있었는지 정확히 설명할 순 없어도, 정현의 플레이리스트를 상상해 보았다면 이런 장르의 노래는 분명 열외였을 것이다.

"이런 노래 좋아해?"

"딱히 편애하는 건 아니지만."

"그럼 이건 무슨 기준으로 고른 거야?"

"딱 들었을 때, 아님 듣다 보면 좋았던 순간으로 돌아가게 해 주는 노래?"

"허들 미쳤네. 너무 기준이 높은 거 아니야? 그럼 이 노래는 어디로 데려가 주는데?"

"아, 이 곡은 없었어. 그런데 방금 생김."

정현의 알쏭달쏭한 말을 머리가 이해하기도 전에 나래의 심장이 조금 크게 뛰기 시작했다. 나래는 빨리 다음 노래가 나와 화제가 전환되기를 바랐다.

"너는 진짜 말을 알아듣게 좀 해라."

그러자 정현이 갑자기 일시정지를 눌렀다. 지하철 소음이 순식간에 커지면서 나래를 둘러쌌다. 정현은 카톡창을 열더니 갑자기 메시지를 하나 보냈다. 곧장 나래의 휴대폰이 울렸다. 정현이었다.

정현 **알아들을 수 있으면서 모르고 싶나 보네. 나도 그냥 모른 척해?**

쿠궁쿠궁, 나래는 이제 지하철과 제 심장이 나란한 속도로 달리는 게 느껴졌다. 카톡창 상단 위에 떠 있는 '친구로 등록되지 않은 사용자입니다.' 알림이 거슬렸다. 그러고 보니 축제 때 번호를 교환하고 한 번도 연락한 적이 없었는데, 얘는 언제 카톡 친구 추가까지 했대. 나래는 친구 추가 버튼을 먼저 누르고 답장을 썼다.

아니.

근데 너 그렇게 머리 쓰면 알아들었어도 모르는 일로 하고 싶을 거야.

옆에서 정현의 작은 탄식이 들렸다. 휴대폰을 두드리는 손가락이 엄청 빨리 움직이는 게 보였다. 지잉, 지잉. 메시지가 연달아 왔다.

정현 너랑 아까 그 노래 듣고 나니까

정현 나중엔 오늘로 돌아가고 싶은 날도 있을 것 같다는 말.

나래는 딱 이만큼으로 솔직한 정현이 마음에 들었다. 그래서 이 말이 정확히 무슨 뜻이냐고 더 다그치기에는 나래 역시 당장 자신의 마음에 자신이 없었다.

ㅋㅋㅋ 근데 오늘 이제 막 시작한 거 알지?

빨리 노래 다시 틀어.

한 곡 반복으로!!

정현이 이번에는 참았다 터트리는 듯한 숨을 쉬고는 고개를 좌석 뒤로 기댔다. 둘은 서로를 마주 보지 않은 채 정면을 보고 웃었다. 맞은편 까만 차창 위에 비친 서로의 얼굴을 향해서. 휘청휘청 늘어지는 듯한 전주가 시작되었고 지하철 소리도 서서히 지워졌다.

한강에 모이자마자 아이들 손에는 유부와 장아찌로 만든 김밥 한 줄과 생수가 하나씩 쥐어졌다. 나래는 잘 썰린 김밥을 젓가락 대신 입으로 떼어 먹으면서 한강 건너편 건물들의 기세 좋은 풍채를 멍하니 바라보았다. 짙푸른 강물뿐만 아니라 흰 구름마저 상쾌한 파랑처럼 느껴지는 쾌청한 여름날이었다.

원래 단합보다는 소풍 온 기분이었는데, 결국 식사를 마친 뒤에는 쭈뼛쭈뼛 빙 둘러 앉아 한 명씩 돌아가며 뭐라도 한마디씩 하는 시간을 가졌다. 누군가를 험담하거나 불쾌감을 주는 말이 아니라면 무엇이든 속에 품었던, 하고 싶은 말을 해 보자는 거였다. 개인적인 서운함이나 오해를 푸는 토로도 금지였다. 말하는 사람도, 듣는 사람도 이후에 기분이 산뜻할 정도의 이야기(여름방학 계획이라든가 한 학기 동안 기억에 남았던 순간들, 혹은 남은 학창 시절의 바람 같은)가 기준이 되었다.

몇몇은 입을 달싹이고, 몇몇은 부끄러워했으며, 대체로 당황스러워했다. 다들 이제 스케이트보드나 자전거를 타다 다시 출출해지면 매점 가는 기분으로 편의점 라면 하나 끓여 먹고, 선생님 말씀 좀 듣다가 집에 갈 요량이었을 테니까. 개중에 좀 더 팔자 좋은 애들은 노을을 바라보며 치킨까지 한 상 제대로 시켜 먹을 생각을 했을 거고. 이제 열여섯도 아니고 열여덟이니까. 가끔은 누구보다 진지해지고 싶지만 공개적으로는 누구도 진지해지고 싶지 않아 하는 나이.

의아한 표정을 가려 줄 그늘 하나 없이 맑은 하늘 아래에서 강제로 숙연해지는 시간이 되려나 했는데, 맨 첫 번째 순서로 반장이 일어났다. 잠깐 침묵하더니 엄숙한 표정으로 자기가 좋아하는 걸그룹 신곡 홍보를 하고 앉는 바람에 다들 와하하 웃음이 터져 버렸다. 담임은 머리를 짚었고 이어서 일어나는 애들마다 영업 대회라도 하듯 제 최애의 이름을 부르짖었다. 분위기가 점점 시시해지는 가운데 "나는 나중에 내가 뭘 하고 있을까 궁금해. 뭘 좋아하게 될지도."라고 정현이 툭 말을 던졌다.

유림이 귓속말로 "쟤 너 좋아하는 중인 거 아니었어? 그걸 자기만 모르나?"라고 때를 놓치지 않고 장난을 쳐서 나래가 유림의 맨팔을 찰싹 때렸다. 필요 이상으로 소리가 크게 나는 바람에 이목이 이쪽으로 집중되었다. 빙긋 웃으며 지켜보던 담임이 조급해하지 않아도 된다고, 뭐든 좋아하는 것 하나쯤은 붙잡고 살게 될 수밖에 없을 거라고 답해 주었다.

"아~ 좋다."

목깃에 배어 있던 땀이 식어 가는 게 느껴졌다. 유림의 다리를 베고 누운 소영이 감탄하듯 말했다.

"아무 말도, 아무 생각도 않고 쉬는 게 얼마 만이냐."

유림도 맞장구를 쳤다. 셋, 아니 정현까지 넷은 지금 소영이 챙겨 온 노란 체크무늬 돗자리 위에 눕거나 거의 눕듯이 기대어 있다.

"서정현은 왜 또 남자애들이랑 안 놀고 여기 있어?"

유림이 하늘을 바라보며 말했다.

"너가 말한 것처럼 아무것도 안 해도 되니까. 이렇게 깔끔한 돗자리도 있고."

"그래, 그렇다고 치자. 지하철에서부터 나래 옆에 붙어 있지만 그렇다고 하지, 뭐."

유림의 말이 끝나기가 무섭게 나래가 방울토마토 꼭지를 집어 던졌지만 맥없이 떨어졌다.

한강에 도착하자마자 유림은 어디선가 돗자리와 작은 피크닉 세트를 챙겨 왔다. 그것도 드라마나 영화에서나 보던 라탄 소재의 집 모양 피크닉 가방에 과일까지 싸 와서 말이다. 지붕처럼 생긴 윗부분을 양쪽에서 잡아당기면 꽃무늬 천이 덧대어진 내부에 빵이며 잼이며 과일 같은 게 들어 있는 모습이 상상 그대로 구현되어 있어서 나래는 놀랐다. 과연 유림다웠다. 나래는 리본으로 장식한 나무 미니 포크를 마치 포크를 처음 본 사람처럼 신기해했다.

"그냥 이런 거 대여하는 데서 미리 예약한 것뿐이야."

"역시 브이로거답다."

"정현이 진짜 내 브이로그까지 봐 주고. 자꾸 우리 셋을 침범하고 있으니까 너도 뭔가를 좀 털어놔 봐. 요즘 네 관심은 뭐야? 일단 이 나래 빼고."

유림이 돈을 받아내듯 제 손바닥을 착착 부딪치며 정현을 부추겼다. 나래는 아까 미래의 자신이 부디 좋아하는 일을 찾았기를 바란다는 정현의 얼굴을 떠올렸다. 전교권에서 노는 성적 때문에라도 '앞길이 창창' 이미지가 씌워 있는 듯했다. 그래서 김밥 먹을 때의 발언이 의외였던 거고. 유림은 장난으로 건넨 말인데 정현은 또 장난기 없이 뜸을 들였다.

"아까도 말했잖아. 뭘 좋아하게 될 때까지 기다리는 중이라고."

"크~ 이것이 바로 전교권의 여유인가."

"철학적이다. 2학기에라도 도서부 들어올 생각 없어?"

유림이 박수를 치며 말했고, 소영이 거들었다. 그리고 정현은 두 사람이 장난으로 던진 말을 진지하게 소화한 것 같은 대답을 했다.

"공부 말고 다른 건 죄다 다음으로 미뤄 두는 것 같아서 찝찝하기도 해. 만약에 좋아하는 걸 찾는 게 쉬웠다면 나는 아마 그걸 했을 거야."

그 사이에서 나래는 소영에게 "뭐야, 리액션 봇이야?" 하는 소리를 들어가며 연신 고개를 끄덕였다.

"그래 봤자 생기부랑 자소서 빈칸에 넣을 말이 필요한 거야. 당장 우리보고 뭐가 되라는 게 아니라."

소영이 정리하듯 한 말에 유림이 덧붙였다.

"근데 나는 그 선언하는 듯한 방식이 싫은 거야. 얼마든지 바뀔 수도 있는데. 어른들은 그런 변화에는 영 관심이 없으시고."

그러자 나래는 불과 몇 달 전에 이나를 따라 제 꿈을 정해 버린 자신에 대해 괜히 의구심이 들었다. 나래 앞에만 덩그러니 이정표가 놓여 있는 기분이 마냥 편하지만은 않았다.

"만약 좋아하는 걸 찾는 게 너무 어려우면? 그땐 어떻게 할 거야?"

나래의 질문은 분명 정현을 향한 것이었는데, 모두 조금씩 숙연해지는 분위기였다. 압박 면접이야, 뭐야. 소영과 유림의 원성 속에 정현이 착실히 답했다.

"그러면? 그래도 그런 나를 내가 계속 기다려 줄 수 있었으면 좋겠어. 찾을 때까지."

"어, 이거 완전 학기 초에 나래가 우리한테 한 말 아니야? 하고 싶은 게 생기면 그땐 망설이지 않고 할 수 있음 좋겠다고. 그 말을 이룬 장본인 아닙니까?"

"그럼 내가 나래 좀 본받아야겠다."

나래는 유림과 정현의 너스레에 이제 그만 웃지 않을 수 없었다. 각자 어떤 방향을 향하고 있든 서로에게 손을 흔들 수 있는 친구들이니까.

"그래라. 내가 지켜본다."

"아~ 난 서정현을 지켜보는 것까지는 못하겠고, 나래가 나중에 알려 줘, 우리한테."

이런 농담에도 면역이 되었다. 이건 일도 아니었다. 진짜 적응이 안 되는 건 우리를 자꾸만 불안하게 만드는 현실이다. 꿈을 가지라면서 갈림길 전부를 겪게끔 두지 않고, 제한된 보기 안에 원하는 걸 선택하라고 채근하고 재촉하는 어른들. 시험을 치를 때마다 나래는 생각했다. '답을 찾으시오'가 꼭 '답이 되시오'처럼 보일 때가 있다고.

"아무래도 세상이 우리한테 좀 너무하네."

"그래, 차라리 공부 열심히 해서 좋은 대학에 가라는 말이 더 괜찮게 들릴 지경이야."

어른들이 들으면 하다 하다 꿈꾸는 것조차 미룬다고 타박하려나. 하지만 지금 우리의 대화는 꿈꾸기를 언제까지고 포기하지 않겠다는 말에 더 가깝다. 각자의 현실에 실망보단 애정을 더해 가면서 봄을 건너왔다는 증거이기도 했다.

✳

애들과 편의점을 털다시피 해서 저녁을 먹고 들어왔는데도 이상하게 출출했다. 배가 고프다기보다는 속이 헛헛한 기분이었다. 냉장고와 냉동고를 연달아 여는 모습을 엄마한테 딱 들켰다.

"아까 밥 차려 준다고 할 때 먹지 그랬어. 지금이라도 밥 한 숟갈 먹고 잘래? 너 좋아하는 참치 많이 넣고 김치찌개 끓였는데."

그럼 진짜 딱 한 숟갈만, 이라는 말이 무색하게 어느새 나래 앞에는 찌개와 누가 봐도 한 공기 분량이지만 엄마는 반 공기라고 우기는 밥과 케첩까지 뿌린 계란 프라이가 차려졌다. 이번에는 확실히 허기가 느껴졌다.

"나 때문에 식탁을 두 번이나 차렸네. 미안."

"저녁 시간 맞춰 집밥 먹는 애들이 몇이나 된다고. 얼른 먹기나 해."

거실이나 안방으로 돌아갈 거라는 생각과 달리 엄마는 계속 나래 앞에 마주 앉아 있었다.

"단합 대회라더니 재밌었어?"

"유림이가 돗자리랑 피크닉 가방까지 챙겨 와서 늘어져 있다 왔어."

"그 센스 있는 친구 맞지? 덕분에 잘 놀았겠네."

"그래 봤자 곧 기말고사라 이런 날이 마냥 좋지만도 않아. 괜히 들뜨기만 하지."

묘하게 뒤숭숭했던 기분 탓일까. 열여덟의 불안을 증명이라도 하듯 툴툴거리고 말았다. 그 탓에 엄마는 할 말을 잃은 표정이었다. 나래는 시험 이야기를 괜히 꺼냈나 싶었다. 아무리 엄마가 나래의 학업에 관대하다고 해도 미안해질 수밖에 없는 성적이었으니까.

"너는 어때? 학원 계속 다니는 것 괜찮아? 노래 부르는 것도 여전히 재미있고?"

친구들이 묻지 않은 질문을 결국 이렇게 듣게 되다니.

"의심하는 게 아니라 정말로 궁금해서. 안부처럼 묻는 거야. 지금 하는 일이 좋고, 더 잘하고 싶은 마음이 들수록 누가 점검해 주지 않으면 모르고 지나가게 되는 것들이 있거든."

엄마의 한결 부드러운 목소리가 더해졌다. 나래는 입에 있는 밥을 부지런히 씹으며 고개만 끄덕거렸다.

"당장 대답하라는 것도 아니고. 이렇게 밥만 잘 먹어도 예쁘다."

엄마는 이런 사람이었지. 나래는 엄마가 한 번씩 이럴 때마다 자신을 방치한다고 여겼던 날들에 속으로 조용히 사과하며 지나갔다.

"응. 생각해 볼게. 솔직히 충동적으로 시작한 게 맞는데, 그래도 점점 더 좋아지고 있어. 그건 확실히 말할 수 있어."

다른 건 몰라도 내일 돌아올 레슨을 생각하는 것은 기분 좋은 기다림이었다.

"그래. 내가 널 몰라? 아무튼 잘 해 봐. 이 말밖에 못하는 게 답답한데, 너도 엄마 스타일 알지?"

나래는 '그럼, 내가 엄마를 몰라?'라고 받아치려다 말았다. 자신이 모르는 엄마는 아주 많을 테니까.

비밀과 고백 사이

학원에서 대여한 공연장에는 본점과 지역 캠퍼스 학생들로 빼곡했다. 1년에 한 번씩 열리는 합동 월말 평가 수강생 중 실력이 우수한 학생들끼리 오디션처럼 가창과 연주를 한 뒤 등수를 나눠 상금을 수여하는 행사였다. 단지 성과를 내는 것뿐만 아니라 노래하는 친구들과 교류하는 장이 되기도 해서 긴장과 견제보다는 작은 워크숍 느낌으로 이어지고 있었다.

고을쌤은 그렇게 안면을 튼 친구들이 추후 여러 가요제를 함께 지원하거나, 졸업 후에 자체적으로 밴드를 꾸리기도 한다면서 나래의 어깨를 두드렸다. 이 말을 분명 지난주에 이나와 함께 들었는데, 정확히 일주일 뒤에 열린 합동 월말 평가 자리에 이나는 없었다.

나래는 3등을 해서 30만 원 상당의 문화상품권을 받았지만 기뻐하지도, 누구에게 자랑하지도 않았다.

이나와 나는 비밀이 없는 사이이다. 오랫동안 나래는 그렇게 생각했다. 때마다 인증할 필요 없이, 열여덟 나래가 드물게 확신할 수 있는 것 중 하나였다. 그래서 어젯밤, 이나의 레슨이 유난히 늦게 끝나 나래도 모처럼 연습실에 남아 목이 쉬도록 연습했던 밤, 이나가 노래를 그만 부르겠다고 고백한 상황이 아직도 잘 이해가 가지 않았다.

"오늘 레슨이 어지간히 빡셌나 보네? 쌤이 또 무슨 노래 주셨는데?"

오랜만에 타는 심야버스에 나래는 뻐근한 뿌듯함을 느끼며 한숨 자려던 참이었다. 노래를 그만 부른다고? 이나답지 않은 농담이라고 생각했지만 까끌까끌한 목을 가다듬으며 나래는 그래, 이나도 사람인데 피곤할 때가 있겠지 싶었다. 이나가 끼어들 틈을 주지 않고 우르르 쏟아내는 걸 듣고 나니 눈꼬리가 간지러웠다. 하품을 하며 타박했지만 사실 나래는 그때 불안함을 느꼈는지도 몰랐다. 매달린 눈물방울을 닦으며 나래는 이나를 슬쩍 쳐다봤다. 그게 아니야, 라는 듯한 이나의 표정에 나래는 급격한 피로감이 몰려왔다. 그때까지만 해도 자면서 집에 가긴 글렀다는 생각뿐이었다.

"아니, 나 오늘이 마지막 레슨이었어. 고을쌤이랑 원장 선생님한테도 말씀드렸고…… 미리 얘기 못해서 미안해."

'이게 아닌데.'라는 표정은 나래가 지었어야 할 것이었다. 돌아온 말에 빈틈이 없었다. 아니, 오히려 허점이 너무 많아서 나래는 할 말을 잃었다. 좀처럼 투정하거나 기댈 줄 모르는 이나가 염려스러웠던 적은 있지만, 꼭꼭 숨겨 둔 속을 이렇게 빵! 하고 터트릴 줄은 몰랐다.

나래의 머릿속에 물음표가 빠르게 떠올랐다.

'갑자기? 왜? 언제부터 그만두고 싶었는데? 오늘이 마지막 레슨하기 좋은 날이라고 언제 점찍어 둔 건데? 그 고민의 시간에 왜…… 나는 없었는데?'

소리치기엔 버스가 너무 조용했다. 그런 점에서 윤이나는 폭탄을 터트리기 위해 지금을 선택한 게 비겁했고.

나래는 아랫입술을 깨물었다.

"장난치지 마. 나 좀 기분 나빠지려고 해."

이나가 뭐라 말하려고 입을 달싹이기도 전에 나래는 못을 박듯 쏘아붙였다.

"너는 그게 말이 된다고 생각해?"

듣지 않은 말까지, 나래에겐 전부 다 변명 같았다. 나래는 유치해도 자리를 옮겨 따로 앉아 가고 싶었다. 하지만 이나가 늘 맨 뒷자리 창가 자리를 자기한테 양보하는 바람에 안쪽에 앉아 쉽게 나갈 수도 없었다. 이나가 자신을 바로 이 구석진 자리에 남겨 두고 저 혼자 홀연히 떠나려는 것 같아 왈칵 눈물이 솟았다. 고개를 최대한 이나의 반대 방향으로 돌리고선 눈을 꾹 감았다. 노래를 그만두는 건 이나인데, 이나가 자기랑 절교하자는 것도 아닌데 왜 세상이 끝난 것 같은 기분이 드는지.

정류장에서 집으로 걸어오는 길까지 무거운 침묵이 감돌았다. 나래와 이나는 서로 조금 떨어져 걸을지언정 보폭을 맞춰 발을 내디뎠다. 놀이터 앞, 각자의 아파트 단지로 등을 돌려야 하는 갈림길에서 이나가 잠깐 눈치를 보더니 나래를 잡아 세웠다.

"사실 올해 넘어오면서 생각이 많아졌어. 불안하고 힘들었거든. 그런데 네가 노래를 한다고 하니까 너무 좋은 거야. 너랑 같이하면 내가 혼자서는 극복하지 못한 마음을 이겨 낼 수도 있지 않을까 싶기도 했고. 내가 무슨 말을 하는지 모르겠지? 미안. 지금은 그냥 미안해, 나래야."

버스에서 눈을 감고 오는 내내 나래는 이나가 자신에게 알릴 필요가 없을 거라 생각한 듯해 서운함이 치밀었다. 그런데 이건 어차피 이나가 제 속을 뒤집어 보여도 내가 저를 이해하지 못했을 거라는 말 같아서 속이 뜨거워졌다. 이나가 결코 그런 의도로 말한 게 아니라는 것을 알면서도 마음이 모난 방향으로 삐져나왔다. 왜냐하면 이나의 짐작처럼 자신은 이나를 조금도 이해하지 못하고 있기 때문이었다.

"그럼 이것만 물어볼게."

마음과 달리, 혹은 마음처럼 목소리가 떨렸다.

"너 노래하는 거 좋아하잖아. 도대체 언제부터 아니게 된 거야?"

억울함이 잔뜩 묻어 있는 나래의 질문에 이나가 쓸쓸하게 웃었다. 어느새 버스에서 안절부절못하던 이나는 사라지고 저 보이지 않는 깊은 곳에서부터 가라앉은 이나가 서 있었다. 무언가 정리된 듯한 표정. 나래가 버스에서 미간에 주름이 잔뜩 잡힌 채 잠에 든 동안 이미 돌아오지 않을 마음을 정했을 이나가 눈에 선했다. 그리고 이나는 곧 나래가 반박하지 못하도록 쐐기를 박았다.

"네가 노래 부르는 나를 좋아했단 거 알아. 어쩌면 나 스스로 만족했던 것보다도 더. 그래서 네가 좋아하는 내 모습으로 오래 추억할 수 있는 시간을 만들고 싶었어. 축제 때까지 아무 말도 안 한 건 정말 잘못했지만."

최소한 축제 전이라는 얘기. 그럼 축제는 왜 그렇게 열심히 준비한 거냐고, 왜 나랑 계속 노래할 것처럼 굴었냐는 나래의 속엣말까지 이 나는 미리 대답해 버린 셈이었다. 나래가 헛웃음을 터트렸고, 이나는 아랑곳하지 않고 마지막 말을 덧붙였다.

"그렇지만 노래하지 않는 나도 네가 좋아해 주면 좋겠어."

"야⋯⋯. 방금 그 말은 진짜 안 하는 게 나았어."

나래는 등을 돌렸다. 걸음마다 심통이 난 어린아이처럼 힘을 싣지 않으려 노력해야 했다. 이나가 복잡한 마음을 조금이라도 나래와 공유했다면 나래는 이렇게 화가 나지 않았을 것이다. 이나의 결정을 더 잘 이해할 수 있었을 거고, 이나가 혼자서 그 마음을 정리하도록 두지 않았을 것이다. 솔직히 다른 모습의 이나가 지금으로서는 잘 상상이 되지 않지만, 이나 자신조차도 모르는 다음의 무언가가 기다리고 있다면 그것은 나래가 미워할 대상이 아니라 기꺼이 함께 궁금해하고 기대할 모습에 더 가까웠을 텐데.

그러나 지금 나래는 이나가 영영 멀게만 느껴졌다.

구원의 바깥

"노래는 좋은데, 노래하는 제가 싫어요."

막상 부모님을, 고을쌤을 바라보니 연습했던 장황한 변명 대신 간결한 말이 튀어나왔다. 아무리 생각해도 이나에겐 이 이상의 이유가 없었으니까. 뱉는 순간엔 시원하기까지 했지만 이내 그 말은 고스란히 이나에게 돌아왔다. 메모 앱에 갇힌 말들은 어쩌면 이나 자신을 보호하기 위한 거였는지도 모른다. 하지만 이나는 알았다. 지금 자신은 어떻게 해도 이 상처에서 벗어날 수 없으리라는 것을. 회복이 신속히 이뤄지기를 기대조차 하지 않는다는 것을 말이다.

이나는 블로그에 비공개로 쓴 글을 바라보며 머릿속으로 읊었다.

'가끔은 나를 구원해 주는 것으로부터 벗어나고 싶다.'

한 번 더, 원하는 대로 되었다는 생각이 날카롭게 이나의 몸, 마음 구석구석을 찔렀다.

이나는 무대 바깥을 잘 느끼지 못했다. 관객이 많든 적든, 실내 공연장이든 한낮의 길거리에서든. 고개를 들고 앞을 바라보는 시야는 자주 울렁거리고 가끔은 암전되듯 깜박거렸다. 머리 위로 떨어진 조명만큼, 어깨 둘레만큼 발밑에 동그랗게 밝혀진 바닥만 눈에 들어왔다. 처음엔 무대란 원래 그런 것인 줄 알았다. 무대에 올라가기 직전까지, 필요 이상으로 긴장하는 것도 당연하다고 생각했다. 대신 필요 이상으로 한 연습이 이나의 떨림을 딱 보기 좋을 만큼 가려 주었으니까, 괜찮았다. 너덜너덜해진 마음 틈으로 새 음악이 스며들면 금세 그걸 부르기 위해 일어설 수 있었으니까.

하지만 마이크를 쥔 손이 떨리는 걸 잘 감췄다고 안도의 숨을 돌린 것도 잠시, 화장실에 달려가 물밖에 없는 속을 게워 낸 날. 이나는 '이런 날도 있구나.' 마치 새 경험치를 쌓듯 거울 속의 자신을 물끄러미 바라본 뒤 입을 헹구고 심호흡을 했다. 솔직히 처음엔 무언가에 오래 몰입한 사람이 응당 겪는 훈장처럼 느껴지기도 했다. 이걸 딛고 나면 자신의 다음은 어떤 모습일까, 미리 상상해 볼 만큼 감미로운 슬픔. 언젠가의 오디션을 준비하면서 받은 디렉션을 떠올리고 그 노래를 들으며 하루를 달랠 정도로 이나는 씩씩했다.

그게 정말로 괜찮아서가 아니라, 괜찮아야 할 것 같아서 만든 또 다른 자신이라는 생각은 하지 못하고. 그런 날이 계속해서 반복되는 것을 견디는 데 집중했다. 모두가 아는 겁쟁이가 되기는 싫어서, 자기만 알게 되는 자신을 매일 조금씩 미워하며 지냈다.

실패하지 않기 위해 부르는 노래. 노래는 언제부턴가 그런 게 되어 있었다.

> **시간을 허비했다고 생각하지 않는다. 여기서 끝나는 게 아깝지도 않다. 미래에도 같은 생각일지는 모르겠지만……. 다만 앞으로 보낼 시간을 후회하지 않을 거란 믿음이 내게는 있다. 아니, 필요하다.**

이나는 블로그에 새 게시글을 올리기 전, 비공개와 이웃 공개와 전체 공개 사이에서 망설이다 임시 저장글로 돌려 두었다. 순전히 나래를 의식해서였다. 관리자만 확인할 수 있는 방문객들의 흔적에, 한동안 뜸했던 나래가 다시금 등장하기 시작했을 때도 이나는 대수롭지 않게 여겼다. 이나로서는 평소 나래에게 반드시 전해야 하지만, 그러지 못해 쌓아 두는 앙금 같은 게 없었고, 있다 한들 나래 스스로 그것을 알아채게끔 불편하게 흘리는 스타일은 더더욱 아니었으므로.

애초부터 블로그는 그냥 자유롭게 제 생각을 정리하는 공개 게시판 같은 거였다. 다른 누구를 향해서라기보다 자기 자신에게 해 주고 싶은 말들, 필요한 말들이 그곳에 남아 있었다. 노래를 부를수록 괴로워지는 기분과 쓰다 보면 잊을 수 있는 기분의 차이를 느끼기 시작한 것도 그즈음부터라고 이나는 생각했다.

하지만 방금 쓴 글은 자신이 봐도 지나치게 단호하기만 했다. 실제로는 그러지 못해 다짐하는 각오나 선언에 가까웠지만. 만약 나래가 본다면 두 번 배신감이 들겠지. 앞으로 무엇을 좇으며 어떻게 살아야 할까, 그것만으로도 막막한데 나래와의 관계는 어떻게 수리하면 좋을지 이나는 한숨이 나왔다.

동시에 이나 안에서 우스운 기대가 번졌다. 아마 나래가 본다면, 자기가 내게 저 말을 건네지 못했음을 아쉬워할 것 같았다.

'나래는 나를 좋아하니까.'

이나 역시 나래를 좋아하지만, 나래와 같은 종류의 것은 아니었다. 나래의 애정은 이나를 대단하게 여기는 바탕 위에 쌓였다. 이나는 그게 가끔은 부담스러웠고, 고마웠고, 그러니까 어느 정도는 즐겼다. 그래서 이나가 둘 사이에서 어떤 우위를 선점했냐고 하면 그건 또 아니었다. 이나는 아무것도 아닌 자신을 향해 아무 때나 엄지를 내미는 나래를 보고 있자면 오직 나래의 그런 마음 안에서만 자신이 괜찮은 인간이라는 생각이 들곤 했다.

＊

"노래를 잘 다루려고 하기보다, 그걸 해석하는 너만의 느낌을 찾는 것도 중요해. 대학만 가면 이 시기를 벗어날 거라고 생각하겠지만, 네 짐작보다 아마추어에서 벗어나는 시간은 훨씬 더 길지도 몰라. 그리고 쌤은 네가 이 과정을 오래 즐길 수 있으면 좋겠어. 무슨 노래를 불러도 네 목소리로 들리는 날이 올 거야."

노래 때문에 초라한 기분이 들었던 날들이 이어지고 있었다. 불안해서 부러 더 확신하고 싶었는데, 레슨에 성실히 임할수록 해소되기보다는 피곤함이 쌓였다. 골고루 흩어지지 못한 에너지는 목으로만 몰렸고, 힘으로 끌고 간 노래는 누구에게도 닿지 못했다.

노래하는 스스로가 더는 좋지 않았다. 다시 좋아지기를 기다리며 노력할 수도 있었는데 그러고 싶지 않았다. 이나는 예전처럼 노래하기 위해 너무 노력하고 싶지 않았고, 그러한 마음이 점점 분명해질 때마다 스스로가 낯설고 한심해서 참을 수 없었다. 좋아하는 것을 계속 좋아하면서, 원하는 것을 계속 원하면서. 이나가 바라는 건 그게 전부였는데, 그런 단순함을 유지하는 게 자꾸만 어려워졌다.

하필 자신이 그렇게 복잡하게 꼬여 갈 때, 나래가 노래를 하겠다고 옆에 선 것이다.

고백하자면, 이나는 그것을 기회로 여겼다. 노래하는 스스로가 다시 좋아질 수 있는 신호라고 여겼던 것도 같다. 확실히 나래가 옆에 있는 동안은 노래가 쉬워지는 순간이 잦았다. 자신을 응원하는 데 열성인 나래를 보면 자극이 되었으니까. 가슴 깊은 곳을 쿡쿡 찌르는 진심을 외면할 수 있었으니까. 할 수만 있다면 나래의 사랑과 초심에 오래 숨어 있고 싶었다. 나래와 새로 우정을 맺는 기분마저 들었다.

시간이 지날수록 누구보다 둘이 함께 노래하고 싶어진 마음은 나래보다 이나 자신이 더 크다는 걸, 나래는 절대로 모를 것이다. 누군가의 기대가 곧 제가 할 역할이라 착각하며 꾸는 꿈은 편리했다. 갑자기 눈앞에 징검다리가 놓인 기분이었다. 같이 건너가면 되겠구나. 하지만 어째서, 그 건너편에 반드시 노래가 있어야만 한다고 생각했을까? 그런 날엔 자기도 모르게 씹은 손톱처럼 분절된 마음이 툭, 바깥으로 떨어져 나오곤 했다.

"가끔 인생이 다 내 뜻에 달려 있다고 생각하면 겁이 나."

"너 왜 또 센치해졌어?"

"아니, 어른들이 우리 보고 주체적으로 살라고 하잖아. 난 학교에서 제일 싫은 게 자습 시간인데."

"대충 놀면 되는데 네가 자습까지 너무 열심히 하려니까 그렇지."

"아니, 얘기가 왜 또 그렇게 흘러가. 나 하나도 안 열심이야. 열심인 것처럼 보여도 완전 엉망으로 열심이라고."

나래는 "뭐래." 가볍게 무시했지만. 늘 이런 식이다. 이나는 이럴 때마다 겁이 나고, 조금은 답답해졌다. 나래에게 자신의 나약함을 들켜버릴까 봐. 자신의 끈기 없음을, 즐겁지 않음을, 때때로 두렵기까지 한 마음을 나래가 보고선 실망하지 않을까 겁이 났다. 나래가 그러하지 않을 거란 믿음과 별개로, 조금만 더, 조금만 더 하며 간신히 이어온 일상이 툭, 하고 끊어질 것만 같았다.

"그런데 생각해 보니까 나도 예전에 누가 내 운명 좀 정해 줬으면 좋겠다 싶었다?"

"정해져 있다고 해도, 정확히 알 수가 없잖아. 그 운명을 누가 알려 주냐는 거지."

"맞아. 진짜인지 아닌지는 결국 직접 살아 봐야 알 수 있는 거니까. 지금 내가 윤이나랑 이 시간에 서울에서 버스를 기다리고 있을 줄 누가 알았겠어?"

진짜는 살아 봐야 알 수 있는 것……. 그래서 말인데, 라고 이나가 입을 떼려던 참이었다.

"그런데 윤이나 운명은 내가 좀 알지. 너는 멋진 가수가 될 거야. 꼭 차트 1위 하고 그래미 가고 그런 가수가 아니라도, 왜 노래하는 그 순간에 가장 멋진 사람 있잖아. 우리 쌤처럼."

이나는 나래야말로 꼭 그런 사람이 되리라 믿었다. 믿지 않을 수 없었다. 그 미래에 자신은 지금과 전혀 다른 모습으로 있어도 슬프지 않을 것 같았다. 그래서 더 늦기 전에 털어놓아야 했다. 나래야, 나 이제 노래 그만할까 봐. 그러고 싶어졌어.

하지만 그때는 울지 않고서 말할 수 없을 것 같아서, 그러면서 미래를 희망할 수는 없을 것 같아서 이나는 말을 삼켰다. 말이 될지 울음이 될지 알 수 없는 상황들이 턱 끝까지 다가왔다 밀려나는 날들이 잦았다. 이나는 쏟아내고 싶은 충동을 참았다. 선택이라기보다는 감당할 수 없는 것을 늘리고 싶지 않았다.

그러는 사이 노래를 부른 뒤 눈에 띄지 않게 화장실로 달려가는 요령을 터득했고, 속을 처리하고 제자리로 돌아오는 것이 능숙해졌다. 다행과 불행을 구분하지도 않고 반복하던 어느 날에 이나는 나래를 불렀다. 계획하지 않은 타이밍이었다. 운명처럼.

＊

좋아하는 걸 증명하는 데에는 별다른 이유가 필요치 않았지만, 그 대가로 싫어하는 걸 충분히 증명하지 못한다면 투정과 심보를 부리는 것에 지나지 않는다는 걸 이나는 톡톡히 느꼈다. 결국 어른들 앞에서는 빚처럼 불어나는 입시의 압박을 핑계 삼아 도망친 학생이 되는 게 편했다. 슬럼프일 거라는 위로의 말을 차단하기에 무대 공포는 효과가 좋았다. 꿈으로부터 착실하게 멀어지는 자신을, 그런 스스로를 보여 주는 게 창피하지도 않았다. 창피한 건 오직 나래 앞에서만이었다.

끝 다음에는 새로운 시작이 기다리고 있을 줄 알았는데, 끝없는 끝에 갇힌 기분이다. 이나는 연애를 해 본 적도 없으면서 꼭 애인에게 먼저 헤어지자고 말해 놓고 '실은 너도 헤어지고 싶었던 거지?' 미련하게 추궁하는 입장이 된 것 같아 답답했다. 노래가 사람이었다면 무슨 이야기를 해 줄까. 분명 대답이 될 만한 노래가 있을 텐데, 듣고 싶지 않았다. 그 마음이 또 무서워서 이나는 이미 감고 있던 눈을 더 세게 감았다.

눈을 떴을 때 버스는 차고지에 다다라 있었다. 이나가 탄 버스 양옆으로 수많은 버스가 보였다. 기사는 운전석에서 내리면서, 돌아갈 거면 단말기에 교통 카드를 다시 찍고 조금만 기다리라고 했다. 이나의 지갑에는 제 이름이 새겨진 레슨실 예약 카드가 전부였다.

'꿈이구나.'

꿈속의 이나는 언젠가의 현실과 닮아 있는 이 꿈을 기억해 낸다. 딱 한 번, 버스에서 잠이 들어 종점에 다다른 적이 있었다. 너무 멀리 온 탓에 레슨도 받지 못하고 그대로 돌아가야 했던 날이었다. 마침 그 주에 받은 곡이 무척 까다로웠던 터라 잘 됐다 싶으면서도 좀 허무했다. 그래도 열심히 연습했는데……

그때 이나는 종점에서 딱 한 정거장만 더 가고 싶다는 생각을 했다. 딱 한 정거장만 더 가서, 아무도 없는 곳에서 노래를 부르고 싶었다. 지켜보는 이 하나 없이 노래를 부른 게 언제인지 아득했다. 그즈음 제 목소리가 다른 사람에게 어떻게 들릴지 생각하다가 자주 길을 잃곤 했더랬다. 다음 레슨에서 이나는 그 노래를 엉망으로 불렀다.

"아니, 잘했어. 잘했는데, 이상하게 소리가 겉도네."

고을쌤답지 않은 아리송한 피드백을 이나는 어쩐지 알아들을 수 있을 것 같았다. 노래에 집중할수록 노래를 견디는 자신이 느껴졌다. '아, 망했다.' 그 이후에도 망했다는 생각이 들 때마다 이나는 종점에서 한 정거장만 더 가면 존재할 어느 곳을 떠올렸다.

버스 맨 뒷자리에 앉아 있던 꿈속의 이나가 일어난다. 카드 단말기에 연습실 카드를 찍자 경쾌한 안내음이 울린다.

"하차입니다."

그러나 잠을 자는 이나의 눈은 꿈속의 이나를 쫓지 않고 차고지에 남아 있다. 여기에서 다음으로, 한 정거장을 이동하는 만큼의 시간이 흘렀을까. 다시, 이나가 멀리서부터 가까워진다. 그러고는 망설임 없이 내릴 때와 똑같은 버스를 탄다. 이번에는 지갑에 정확히 교통 카드가 있다.

"청소년입니다."

분명 같은 버스인데 창밖으로 펼쳐지는 풍경이 낯설다. 어디로 가는 걸까. 종점에서 다시 한 정거장, 두 정거장 멀어질수록 홀가분하면서도 쓸쓸한 표정이 잠든 이나의 시야를 흐리게 만든다.

이나는 축축해진 눈가를 닦으며 잠에서 깼다. 꿈속의 자신이 어디에 다녀왔는지는 궁금해하지 않기로 했다.

✳

구름다리를 건너지 않으면, 학교에서 나래를 마주칠 일은 거의 없었다. 자연스레 소영, 유림과도 멀어졌다. 서운하지는 않았다. 소영과 유림이 나래와의 관계를 회복시켜 주지는 않을까 하는 기대도 없었다. 애초에 나래 덕분에 맺게 된 우정이었다. 원래도 무리 지어 노는 편은 아니었으니까 괜찮다. 그래서 이렇게 결정적인 순간에 혼자가 되는 날도 있는 거겠지만.

이런 변화를 눈치챈 아이들도 이나 주변엔 없었다. "요즘은 신관 놀러 안 가?"라고 슬쩍 물어오는 아이들과도 화제를 돌려 이야기하며 시간을 때우면 그만이었다. 그런 이유에서 지금 이나는 나래와 반이 다르다는 사실에 크게 안도하는 자신이 유치하고 우스웠다. 아무도 궁금해하지 않았으므로, 노래를 그만두었다는 이야기도 더는 알리려야 알릴 곳도 없었다.

내가 너무 건조한가, 싶을 정도로 무탈한 하루가 이어졌다. 납작하게 짜부라질 준비를 한 마음은 제자리에서 둥둥, 느리게 떠올랐다 가라앉았다 할 뿐이었다. 시간이 남으면 밴드부에서 태연하게 노래 연습도 했다. 엉망이고 무성의한 발성이 나올 때마다 아직 마음이 회복되긴 이르다는 걸 깨달은 뒤 부원들의 연락을 며칠씩 제쳤다. 그럴 땐 좀 척척한 기분이 들었다. 멀어지고 싶은 건 맞는데. 단번에 멀어지는 건 없구나. 멀어지는 길이 참 길구나.

학원을 그만둔 다음 날, 이나는 함께 학교에 가자는 메시지를 보냈고 나래는 무시했다. 설마 했던 이튿날도 마찬가지였다. 그렇게 우리의 거리두기가 시작됐다.

자신의 메시지 옆에 사라진 숫자를 보면서 이나는 음악을 그만둔다고 말할 때와는 다른 종류의 패배감을 느꼈다. 꿈을 포기한 것이 곧 실패가 아니라는 생각은 노력으로 가능하다. 그런데 균열이 난 우정 앞에서는 마냥 무력해진다. 이러다 나래와의 관계가 망가진다면……. 자신은 아마 음악을 시작했던 것마저 후회하게 될지도 모른다. 그건 나래를 알게 되기 훨씬 전의 일임에도.

이나는 한 번 더 메시지를 보냈다.

1 오늘 레슨 있어?

1이 곧바로 사라졌다. 한숨 같은 웃음이 났다. 이나래, 습관처럼 읽어 버린 걸 후회하겠지. 나를 위로하고 싶은 동시에 나에게서 위로받고 싶어 하는 나래가 그려졌다. 나래는 노래를 그만둔 나를 괘씸해하는 게 아니라는 걸, 누구보다 이나 자신이 잘 알고 있어서 그랬다. 그런 면에서 방금 보낸 메시지는 적절하지 못했다. 나래에게도, 자신에게도 우리가 노래로 연결된 시간은 진짜로 끝났음을 아무렇지 않게 상기시키는 것은 아직은 예의가 아니다. 그런데 마음이 자꾸만 멋대로, 조금은 가학적으로 흘러간다.

이나는 하굣길에 나래와 친구들을 마주칠까 봐 일부러 늦게 학교를 빠져나왔다. 이쯤 되면 운동장을 가로지르겠지, 버스를 타러 정문을 빠져나가겠지, 하는 짐작으로 창밖을 내다보고 싶어도 이나의 반은 뒷마당 쪽으로 창문이 나 있어 그저 자리에 앉아 있기만 했다. 이를 의아하게 여긴 담임 선생님이 다가왔고, 이나도 모처럼 제 상황을 다른 사람에게 털어놓을 수 있었다.

방과 후 보충 수업을 신청했다. 솔직히 머릿속을 비울 요량으로 배드민턴이나 배구 같은 체육부 수업이 제일 끌렸지만, 선생님이 보았을 때 이나에게 필요한 건 수업 결손을 채우는 일이었다.

"운동? 좋지. 하지만 여기서 뭔가를 또 비우는 데 쓰기엔, 시간이 부족해."

그 점은 이나도 동의한다. 노래했던 시절과 얼마큼의 시간을 더 들여야 충분히 멀어질 수 있는지 아득해졌으니까. 그래서 논술부에 추가로 지원했다. 선생님은 "논술 전형은 지금부터 준비하기에 괜찮지." 라고 추임새를 넣었다. 이나는 그저 논리적으로 서술해 보고 싶었다. 하루하루 거듭될수록 자기에게 일어난 일이 꼭 제 선택의 결과가 아닌, 그저 타자에 의해 벌어진 일처럼 느껴졌기 때문이다. 이나는 이번 주 기출문제를 뚫어지게 바라보다가 새 공책을 펼쳤다.

노래하는 나래를 지켜보고 싶다.
처음의 나래가 나에게 그래 주었던 것처럼.

쓰고 나니 지금 가장 혼자라고 느끼는 사람은 나래일지도 모른다는 생각이 들었다. 이건 무슨 오만이고 아량일까. '지금의 나'와 '되고 싶은 나' 사이의 간극을 아직 셈하지 않은 나래에겐 틀림없이 더 긴 가능성의 시간이 이어질 텐데. 이나는 그 과정에서 더는 자신의 경험이 영향을 미치지 않길 바랐다. 이나 자신이 스스로의 선택을 지지하게 된 것과 별개로, 외부에서 보았을 때 지금의 이나는 어떻게 해도 포기한 사람일 수밖에 없으니까.

이나는 그저 나래와 함께 기뻐하고 싶었다. 나래를 응원하면서. 그리고 자신에게 나래의 응원을 받을 기회가 남아 있다면, 이번에는 좀 더 떳떳하게 받고 싶었다. 다른 자리에 앉아서도 같은 시간을 보낼 수 있음을 확인하고 싶었다.

트랙 6
그저 떨어져야 할 타이밍

나래는 음악을 들으면 언제나 괜찮아졌다. 늘 언제나, 예외 없이. 그렇다고 미래를 바꿀 정도의 영향은 아니고(사실 아주 작은 선택의 결과조차도 바꿀 수 없지만), 어쨌든 당장의 기분을 낫게 하는 데 음악만 한 것이 없었다.

어떤 음악을 들을까 고르는 것도 귀찮아서 유튜브 플레이리스트 계정들을 보는데 여기서도 선택이 필요했다. 어떤 영상을 클릭할까. 제목이 끌리는 것? 마음먹은 것을 해내게 만드는 플레이리스트, 너는 이 사랑을 멈출 수가 없지, 슬픈 이야기를 읽고 싶은 날……. 썸네일 사진이 취향을 저격하는 일러스트인 것? 아니면 미리보기 영상이 감성적인 것? 고민이 길어질수록 나래는 아무 노래나 빨리 듣고 싶었다. 선택에 방법 같은 건 없다. 하고 싶은 것을 하거나 안 하거나. 둘 중 하난데 나래는 '안 듣겠다'로는 곧 죽어도 기운 적이 없다는 것을 깨달았다. 오늘은 듣기를 쉴 거야, 라고 다짐했으면 모를까. 일단 들어야겠다고 생각한 마음을 고쳐먹은 적은 한 번도 없었다.

윤이나는 대체 어떻게 음악을 그만둔 거지? 간신히 잠재웠던 이나 생각이 불쑥, 비집고 들어왔다. 음악을 들으면 이렇게 금방 괜찮아지는데. 늘 언제나, 예외 없이. 그럼 지금 이나의 기분은 무엇이, 어떻게 달래고 있는 거지?

하지만 이나를 남몰래 염려하기에는 나래야말로 벌써 보름째, 부모님께 말도 안 하고 레슨을 빠지고 있었다. 학원에서는 딱히 연락을 취하지 않은 건지, 아니면 이미 다 알고도 엄마가 저를 내버려 두는 건지 나래는 알 수 없었다. 어느 쪽이든 마음이 불편했다. 아무도 나래에게 왜 학원에 오지 않느냐고 묻지 않았으니 누구에게도 변명이든 거짓말이든 할 수 없었다.

나래는 주체할 수 없는 잉여 시간을 어떻게 때울까 고민했다. 자기 인생에 언제부터 레슨이 있었다고 지금의 공백이 커다랗게 느껴지나 싶어 당황스러웠다. 서울 소재의 학원에 다니는 조건으로 야자를 뺀 것이었으므로, 이제 와 교실에서 뻘쭘하게 머무는 것도 눈치가 보였다. 유림과 소영은 이나와 화해하기 전까지는 함께 노래방에 가 주지 않을 거라고 엄포를 놓아서 친구들에게 엉길 수도 없었다. 하지만 지금 이나와 자기 사이를 싸운 거라고 말할 수 있을까?

처음엔 나래도 혹시나 이나가 쉬는 시간에 뒷문에서 유림이나 소영을 불러내기라도 할까 봐 담요를 뒤집어쓰고 있었다. 괜히 정현이나

다른 애들 틈에 섞여 매점에 내려가서는 한참을 후문 벤치에 혼자 앉아 있다 올라오기도 했다. 이나를 보고 싶지 않아서가 아니라 볼 자신이 없어서였다. 이나에게 먼저 성을 내고 돌아선 낯이 아직 뜨겁기도 했다.

하지만 이나는 한 번도 찾아오지 않았다. 그래서 나래는 누군가 먼저 손을 내밀어야 한다면 그건 이나여야만 한다고 여긴 채 속을 끓였다. 다만 그게 평소와 같이 아무렇지 않은 방식이어서는 안 된다고 생각했다. 왜냐하면 우리 사이는 분명히 금이 갔으니까. 그런 건 얼렁뚱땅 봉합할 수가 없다. 균열이 난 곳을 살피고, 붙이고, 말리는 복원 과정이 필요하다. 어렵고 피하고 싶어도 집중해서 해야만 한다.

싸운 적 없지만 점점 더 이나와 싸우는 심정이 들었다. 학원에 가면 모두가 좀처럼 이해할 수 없는 이나의 결정을 자신에게 물어볼 게 분명했으므로, 레슨도 가고 싶지 않았다. 만약 이나와 자신의 입장이 바뀌었다면, 이나는 곧 죽어도 학원에 갔을 것이다. 그 생각을 하니 더 분했다.

'네가 더 잘하잖아. 근데 네가 왜……'

늘 자기보다 한 걸음 더 앞서 있던 이나를 따라가며 안심했는데, 혼자 걸어가야 할 제 길목에는 깜빡이는 가로등조차 없었다. 나래는 이나와 멀어지는 게 두려우면서 점점 더 혼자가 됐다. 간신히 찾은 자기 꿈의 실마리를 이나의 부재로 쉽게 놓쳐 버리는 것 같아 무서웠다가, 그런 생각이 앞선다는 게 섬뜩해서 괴로운 날들이 이어졌다. 이래

서 이나가 자신에게 기대지 못했구나, 서러워서 눈물이 팍 터지는 날
도 물론.

✳

나래는 가방을 끌어안고 공원 정자 기둥에 기댔다. 두 아파트 단지
갈림길에 세워진 정자였다. 이나와 처음으로 집에 함께 간 날, 이나의
플레이리스트를 빼곡하게 채웠던 낯선 팝송들을 처음으로 함께 들은
날. 어렵다고 투덜대면서도 자연스레 흥얼거리던 이나의 목소리가 모
두 여기 쌓여 있었다.

나래가 '와~ 너 노래 진짜 잘한다!' 순수하게 감탄하면 이나는 수
줍게 고마워하곤 했다. 나래는 다소 소극적이지만 타인의 인정을 분
명하게 받아들이는 이나가 당당해 보여서 더욱 좋았다. 그래서인지
이나는 언제나 잘하려고 애썼다. 나래가 보기에는 이미 충분히 잘하
는 사람이었는데.

문득 자신의 칭찬에 '아니야, 안 그래.'라고 바람 빠지게 웃던 이나
가 떠올랐다. 그때 뭔가를 눈치챘어야 했던 걸까. '고마워'는 어떻게
'아니야'가 되었을까. 이나에게 노래는 한때 고마웠지만 더는 그렇지
않은 존재가 된 것이다. 그 변화를 이나는 어떻게 받아들였을까.

하루가 이렇게나 길었나. 어른들은 매일 해야 할 일이 많아서 시간
이 없다고 재촉하는 걸까. 우리 사정 같은 것도 모르고. 나래는 음
악 어플의 재생 버튼을 누르고 눈을 감았다. 랜덤 재생을 해 두었는

데 하필이면 지난주에 레슨 곡으로 배정받은 다이애나 디가모 버전의 ⟨Don't Cry Out Loud⟩가 재생됐다.

나래는 고을쌤이 이번 주에도 메일을 보냈다는 걸 알았다. 구태여 이유를 묻진 않지만, 언젠가 나래가 돌아올 거라는 믿음이었을지도 몰랐다. 나래도 심연 깊이 자리한 무의식에서 스스로를 꼭 같은 이유로 믿었는지 모른다. 습관처럼 저장해 둔 레슨 곡 리스트를 보며 나래는 잠시 생각에 잠겼다. 가끔 어려운 노래를 받거나 가수들의 목소리를 카피하는 일이 지루하고 괜한 열등감을 준다 느껴질 땐 학원을 빠지고 싶었다. 그런데 막상 아무것도 할 필요가 없는 시간이 생기니 못 견디게 공허해졌다.

메신저 채팅 목록 맨 상단에는 여전히 이나와의 1:1 대화가 즐겨찾기로 고정돼 있었다. '나래야 잘 지내고 있어? 나 요즘…… 더보기' 아직 답장하지 않은 이나의 메시지 일부가 보였다. 결국 나래는 긴 문자를 눌러 볼 수 밖에 없었다.

이구아나❤   나래야, 잘 지내고 있어? 나 요즘 방과 후 수업 듣는다? 몰랐지? 보충 수업도 듣고 논술도 들어. 공부하는 데 쓰는 에너지도 만만치 않더라. 그리고 밤에 늦게 먹는 일이 줄어서 그런지 살도 조금 빠진 듯. 이건 자랑 맞음ㅎㅎ 아, 이렇게 쓰는 건 편한데 다른 말을 하는 건 너무 어렵다. 그런데 넌 내가 이런 식으로 빠져나가는 걸 싫어하겠지……

사실 오늘 블로그에 일기를 쓰는데, 문득 '네가 이걸 하나도 모르겠구나.' 그 생각이 들어서 조금 겁이 났어. 까딱하다가는 우리가 이대로 영영 모르는 채로 모르는 사람이 될 것 같아서. 누가 언제까지 말하지 않고 지낼 수 있을까, 계산 아닌 계산을 하다가 그런 것조차 무의미해지는 순간이 올까 봐 무서웠어. 그래서 이대로 시간이 흘러가 버린 미래에 내가 하지 못해서 후회하게 될 말은 뭘까 생각했어.

나래야, 내가 가진 작은 재능을 믿어 줘서 정말 고마워. 그날 너한테 털어놓고 깨달았어. 너를 이해시킬 방법을 찾다가 혼자 너무 멀리 와 버렸다고. 우린 다른 곳을 보면서도 함께 갈 수 있었는데…… 이미 오래전의 우리가 그래 왔던 것처럼 말야. 그리고 정말 마지막으로, 혹시라도 네가 나를 원망하는 마음에 스스로를 의심하지는 않았으면 좋겠어.

윤이나는 이나래를 너무 잘 안다. 그리고 나래의 경험에 따르면 이나는 한 번도 틀린 적이 없다. 그러니까, 언제나처럼 나래는 이나가 찾은 정답에 귀를 기울일 때가 왔다는 확신이 들었다. 무엇보다 나래는 이나의 앞선 뒷모습을 목격하는 데 익숙한 사람이었다.

※

나래는 햇볕으로 뜨겁게 달궈진 버스 창문에 머리를 기댄 채 이나가 보낸 마지막 메시지를 다시 확인했다. 겨우 2주 남짓한 시간이 지났을 뿐인데 학원 가는 길이 유난히 길게 느껴졌다. 이나와의 관계가 회복되어도 학원 가는 길은 앞으로도 이런 식이겠지. 역시 혼자서는 지루하겠구나 싶었다. 놀랍지도 않았다.

돌이켜 보면 막막하고 나약한 기분은 나래에게 익숙한 것이다. 한 학기 동안 멋진 꿈을 꾼 거라고 생각하면 다시 제자리로 돌아오는 일이 그리 억울할 것 같지도 않았다. 아무리 마음의 뚜껑을 꽉 닫고 힘내라고 세게 흔들어도 자꾸만 김이 새는 콜라가 된 기분이었다. 건물 엘리베이터를 타고 올라가는 동안에도 계속 도망치고 싶은 기분이 들었다.

하지만 정확히 무엇으로부터? 나래는 만약 이대로 자신을 괴롭히는 기분의 출처를 찾아낼 수 없어서 영원히 이나를 탓하게 된다면 그거야말로 최악이라는 생각이 들었다. 무엇을 외면하고 싶은지 알고 싶다면 무엇이든 제대로 마주해야 했다.

보컬 룸에 예약 카드를 꽂고 들어갔다. 눅눅한 공기, 퀴퀴한 냄새가 애써 크게 숨 쉬지 않아도 온몸을 휘감는 기분이 들었다. 다툼 한 번 없이 이나와 보냈던 시간들이 떠올랐다. 삐거덕거리는 의자에 앉을 때, 긁힌 자국투성이인 책상에 팔꿈치를 기댈 때, 끝과 끝 건반 몇 개는 소리가 나지 않아 뭉덩뭉덩 눌리기만 하는 피아노 뚜껑을 열 때. 순간순간마다 이나와 함께 새긴 시간의 윤곽이 느껴졌다. 이대로 한숨 잘 수도 있을 것처럼 편안했다. 그때 똑똑 소리가 들렸다. 문에

난 아크릴 판 너머로 반가운 얼굴이 보였다. 학원 근처 여고에 다니는 1학년 예진이었다.

"나래 언니! 왜 이렇게 오랜만에 왔어요? 저 언니 엄청 기다렸잖아요. 학원 그만둔 줄 알고 걱정했는데, 언니 번호도 모르는 거예요. 저는 SNS도 안 하니까 답답해 죽는 줄 알았어요."

예진이 휴대폰을 내밀었다. 오자마자 말려드네. 나래가 번호를 입력하자마자 예진이 전화를 걸며 웃었다.

"미안, 미안. 이렇게 내 생각을 했을 줄 몰랐는데. 조금 감동이다?"

"그럼…… 언니, 혹시 바로 연습하실 거 아니면 저 카피 하나만 부탁드려도 돼요? 너무 어려워서요."

나래는 누군가와 살갑게 부대낄 기분까진 아니었지만 당장 노래부터 하는 것보다는 낫겠다 싶었다. 곧 예진과 휴게실로 넘어가 자리를 잡았다.

구간 반복으로 설정해 둔 가사가 한 줄씩 넘어가며 카피가 계속될수록 묘한 희열과 뿌듯함이 차올랐다. 카피를 마치자 예진이 잠시만 기다리라더니 종이컵을 가져와 제 텀블러에서 생강꿀차를 따라 줬다. 달콤 쌉싸름한 찻물이 목을 타고 단숨에 내려갔다.

"제가 부탁했지만 오자마자 남의 카피나 봐주고……. 진짜 고마워요, 언니."

"괜찮아. 원래 내 카피는 지겨워도 남의 카피는 귀에 쏙쏙 들어오잖아."

"잘 모르겠어요. 언니한테만 이야기하는 건데, 사실 전 그냥 제 스타일대로 부르고 싶거든요. 진짜 벌써부터 겉멋만 들었나 봐요."

말꼬리를 흐리는 예진에게 나래는 진지하게 응답하고 싶었다. 누군가 뜻하지 않게 제 마음을 털어놓는다는 건 더는 참을 수 없어 저절로 터져 나온 마음이기도 할 테니까.

"음……. 소리도 잘 내고 싶고 느낌도 더하고 싶지? 조바심이 나니까 미치겠고. 나도 그래."

"언니도요? 그런데 어떻게 다스리는 거예요? 이나 언니랑 둘 다 완전 카피에 미친 사람들처럼……. 아, 제 말은 좋은 뜻으로요."

예진이 입을 가리며 망했다는 표정을 지었다. 나래는 팍 웃음이 터졌다. 놀랍게도 예진이는 이나 소식을 모르는 것 같았다. 아니면 그냥 습관처럼 우리를 세트로 묶었을 수도. 이런 면역도 차차 길러야겠지. 그래서 나래는 언젠가 이나가 했던 말을 예진에게 돌려줬다.

"근데 지금 같은 마음이 들 때, 오히려 카피가 확실히 좀 도움이 되는 것 같아."

예진이 신뢰가 담긴 눈빛으로 나래를 쳐다봤다.

"같은 파트라도 여기서 머리에 힘을 주느냐 배에 힘을 주느냐에 따라 전혀 다른 소리가 나잖아. 귀로 들은 감정을 단어로 풀어내고, 그걸 다시 내 목소리로 부르는 건 전혀 다른 결과를 만드는 거라고 생각해. 결국 부르는 사람은 예진이니까, 예진이의 목소리로 재현하는 노래는 예진이밖에 할 수 없어. 넌 카피를 했다고 생각하겠지만 사실은 네가 이 노래의 어떤 좋은 점을 더 잘 살릴 수 있는 보컬인지 확인하는 경험을 쌓는 거야."

겨우 한 살 차이밖에 안 나는데 너무 선배처럼 군 것 같지만, 다행인지 기분 탓인지 예진의 눈이 조금 그렁해 보였다.

"나 이 말 녹음해 둘걸. 나중에 저도 써먹을래요. 카피해도 되죠?"

예진이 '카피'를 말할 때 양 손가락으로 따옴표를 만들며 장난스레 물었다. 당연하지, 나래가 그 손가락을 잡으며 웃었다. 그리고 가사 한 줄을 수십 번씩 반복해서 듣고 부르느라 귀가 얼얼해지고 목이 잠겨 버리는 이 상황에 다시 속해 버렸음을 인정하게 됐다. 대책 없이 감도는 애정이 반가웠다.

나래는 학원 매니저가 마감해야 한다는 노크를 할 때까지 연습실에 붙박이처럼 있을 자신이 훤했다. 〈Don't Cry Out Loud〉는 '큰 소리로 울지 말라'는 가사에서 가장 크게 피치를 올려야 하는 모순적인 노래였다. 나래는 후렴구에서 배에 힘을 줄 때마다 음이 나갔다. 눈물이 찔끔 나온 건 복부 근육이 하도 당겨서인지, 아님 다른 이유에서인지 알 수 없었다. 손등으로 눈을 꾹 누르고 다시 노래를 불렀다.

나래는 자꾸 같은 가사가 나오는 구간에서 힘이 빠졌다. 추락한다고 해도 높이 날아오르려다 그런 거니, 거의 성공한 거나 마찬가지라고? 어떻게 그렇게 말할 수 있지?

줄타기를 하는 서커스 소녀에게 전하는 가사라는 것을 알지만, 그래서 마음이 더 엇나갔다. 다른 레슨 곡으로 넘어갈 법한데 나래는 왠지 오기가 생겼다. 사실 이해되지 않아서가 아니었다. 이 고집은 오히려 알 것 같은 심정에서 나오는 반발심이었다.

매니저 대신 예진이 인사를 하러 왔다 갔다. 나래는 예진이 준 목 캔디를 천천히 녹여 먹으면서 흘러나오는 노래를 그대로 내버려 두었다. 몇 번 반복된 끝에 어느 순간 노래가 다르게 들렸다.

추락은 실수나 실패 때문이 아니라 그저 떨어져야 할 타이밍인지도 모른다.

나래는 박자에 맞게 천천히 고개를 움직이며 다음 가사를 작게 읊조렸다.

'기억해, 넌 거의 이루어 낸 거였다고.'

꼭 이나가 스스로에게 했을 법한 말 같다. 나래는 지금까지 '왜' 하고 있는지보다 그냥 하는 게 중요하다고 생각했는데, 이나는 바로 그 '왜'를 물어보고 있는 중인지도 몰랐다. 그러니까 이나는 노래를 포기한 게 아니라, 또 한 번 자기 자신을 향해 노래로부터 멀어져 갈 뿐이었다. 그 거리가 자신과 이나가 멀어져서 생긴 것이 아니라, 이나가 다른 곳에서 솟아오르는 모양으로 벌어진 차이라는 것까지 나래는 알 수 있었다. 아니, 정말로 그러한지 알아내야 했다.

히든 트랙

이날의 노래

이나에게,

먼저 그동안 너를 모른 척해서, 피해서 미안해.

내가 너랑 영영 말하고 싶지 않은 사람처럼 보였겠지. 하지만 매일 너한테 할 말을 고르고 있었다면 믿어 줄까? 그런데 간신히 할 말을 모으면 다 마음에 들지 않더라……(혹시 내가 네게 아주 미운 사람이 돼 있으면 어떡하지. 걱정되지만 일단 계속 써 볼게).

나는 혼자 이 길을 가야 한다는 게 무서운 것 같아. 실은 지금도 조금은 그래. 네가 좋아서 노래가 더 좋아졌고, 네가 노래를 잘해서 나도 노래를 더 잘하고 싶었던 것뿐이니까. 그대로 늘 나보다 앞서 있는 너를 익숙하게 쫓아가면서……. 부끄럽지만, 그렇게 반복되는 내일이면 충분하다고 여겼나 봐. 내가 열심히 노래를 부르는 게 앞으로의 우정을 더 아끼는 방법이라고 말이야.

나 은근히 순진한 거 알지?

그래서 네 안에서 정리된 마음을 말하는 게 더 어려웠겠다 싶기도 해. 고민을 털어놓거나, 좀처럼 힘들다는 투정을 부리지도 않는 네가 처음엔 너무 참고만 사는 건 아닌지 걱정도 됐는데, 실은 나도 그게 익숙했던 거야. 어느새 나한테 너는 고민이 없고, 힘들지 않은 사람이 돼 있더라.

아직도 나는 네가 어떤 시간을 거쳐서 지금에 다다랐는지 모르지. 하지만 이제 너에게 그만 서운하고 싶어서 편지를 써. 네가 혼자서 견딘 무엇이 있더라도 그게 네가 택한, 너에게 필요한 시간이었다면 내가 속상해할 필요는 없으니까.

소영이가 그러더라. 인생은 결국 '나'를 공부하는 과정이래. 내가 뭘 좋아하는지, 왜 좋아하는지, 뭘 잘할 수 있는지, 그걸 왜 하고 싶은지, 나를 어떻게 다뤄야 하는지 계속 알아 가야 한대. 근데 난, 이 말이 곱씹을수록 막막하더라고. 넌 어때? 우리가 함께 들었다면 어떤 이야기를 했을까?

그래도 이나야, 나는 네가 없이도 계속 노래를 해 보려고 해. 뭔가를 너무 하고 싶어서 감당하게 되는 외로움이 있다면, 그걸 잘 느껴 보고 싶어. 다시 마치 새로운 외로움이 기다리고 있는 세계로 가려고 하는 너처럼.

내가 너를 응원하며 얻은 건 어쩌면 노래하는 지금보다도 결국 이런 게 아닐까.

고마워.

너의 이날

이날, 혹시 지난 겨울방학 때 나한테 한 말 기억해? 노래가 나를 선택한 것 같다고 했잖아. 나 그때 완전 울 뻔했는데. 매일 나를 의심하느라 자존감이 바닥을 치던 때였거든. 재능을 탓하고 있는 나한테 넌 운명을 갖다 댄 거야.

그래서 덥석 그 말을 믿고 싶었나 봐. 속마음을 감추고 축제를 계획한 건, 순전히 내 욕심이야. 미안해.

그래도 네가 함께해 준 덕분에 오랫동안 마지막으로 기억될 무대를 진심으로 즐길 수 있었어.

너한텐 가족끼리 약속이 있다고 거짓말을 하고서 오디션을 보러 간 주말이 몇 번 있어. 재미 삼아 나가 본 건데 결국엔 나도 욕심이 나더라. 더 확인받고 싶었다고 해야 하나. 그런데 돌아오는 결과가 하나도 없는 거야. 내가 무엇을 가졌고 무엇을 했을 때 가장 행복한지 정확히 알고 있다고 생각했는데, 그게 조금씩 깎이는 기분이었어. 학원 밖에서는 내가 아무것도 아니라는 생각……. 내가 이미 스스로 뭐라도 된 것처럼 여기고 있었나 봐.

노래가 싫어진 건 아니야. 노래했던 시간을 후회하지도 않고. 후회하게 되더라도 지금은 아니지. 사실 너무 어제까지의 일이라, 그냥 좀 쉬고 있는 것 같아. 정말이지 요즘은 나 혼자 미리 여름방학을 당겨 쓰는 기분이야. 아마 넌 이렇게 말했을지도 모르겠다.

'그럼 잠깐 쉬면 되잖아.'

하지만 그렇게 말랑한 시간이 필요한 것은 또 아니어서 노래를 그만둬. 좋아하는 일을 하면서도 그 일을 하는 스스로를 미워할 수 있더라. 나도 그게 분리될 수 있는지 몰랐어. 아니, 그러기 전에 내가 멈춘 거겠지만. 노래는 가만히 있고 나만 자꾸 반쪽이, 반쪽의 반쪽이 되어 깨져 버리기 전에 말이야. 처음엔 깨달음이라고 생각했어. 그래서 네게도 말 못할 비밀처럼 간직하다 이렇게 와 버렸지…… 이건 내가 풀어야 할 문젠데.

그러니까…… 노래하지 않는 나도 좋아해 줬으면 좋겠다고 말한 건, 사실 나한테 하고픈 말이었던 것 같아. 그 말은 정말이지, 너에게가 아니라 나 스스로한테 했어야 하는데. 또 미안해.

네가 보낸 편지가, 네가 처음 노래를 하겠다고 톡을 보낸 새벽보다 더 반가워. 그러니 지금 우린 달라진 게 아니라 더 같아진 건지도 몰라.

나래야, 혹시 나 때문에 속이 상할 땐 이렇게 생각해 줄래? 나는 단지 궁금해졌을 뿐이라고. 내가 노래 말고 또 무엇을 잘할 수 있는 사람인지. 하필 지금, 이제 와서, 라는 생각도 들지만 모른 척 다음으로 넘기고 싶지 않다고. 그걸 찾아갈 힘이 나한테 있기를 바란다고.

아, 이 말을 하기까지 참 무섭고 어려웠다.

이런 날엔 이날이 보고 싶은 이나가

트랙 7
이어 주는 말

 세상이 레고나 퍼즐처럼 작은 조각 하나하나에 제 역할이 있는, 잘 짜인 이유들로 구성된 것이라면 우리는 풍경에서 무엇을 담당하고 있을까.

 "도서관에서 빌린 책을 읽는데 장을 넘기는 것마다 좋은 거야. 사진을 찍다가 찍다가 '아, 그냥 이 책을 가져야겠다.'라고 생각했어. 아마 그때 처음 책을 사 본 것 같아."

 찰칵찰칵. 유림의 셀카 찍는 소리 위로 소영과 이나의 대화가 겹쳤다. 이나는 뒷짐을 지고 엉덩이를 쭉 뺀 채 소영의 책장을 보며 감탄했다. 나래는 그런 이나에게서 처음 이나네 집에 놀러 갔을 때 빼곡한 앨범장을 보면서 놀랐던 자신이 보였다. 내 친구들은 왜 이렇게 잘 붙잡아 두는 애들만 있는 거지.

 찰칵찰칵. 유림은 좀처럼 마음에 드는 컷이 나오지 않는지, 아니면

이어 주는 말 191

마치 소영의 첫 책처럼 찍는 족족 마음에 들어서인지 연신 카메라 버튼을 눌렀다.

"날씨가 이렇게 좋은데 집에만 있을 거야?"

"그러니까. 이런 날 기분 내야지."

"양유, 막상 나가면 덥다고 그늘만 찾을 거잖아."

"그건 우리가 너무 걷기만 해서 그렇지."

"아니면 노래방에 있거나."

"그래! 좀 새로운 게 필요해."

"난 지금 이러고 있는 게 엄청 새로운 건데……."

"맞아. 윤이나는 집, 학원 아니면 광화문인데 지금 여기 이렇게 붙어 있잖아."

"이나래는 그냥 이나가 자기 옆에 있어서 좋다는 거 아니야?"

"내 말이. 또 '윤이나래' 짓하지 너네?"

"애들이 뭘 모르네. 요즘 내 입지가 서정현 때문에 얼마나 위태위태한데."

"말도 안 돼!"

이나를 제외한 애들이 동시에 합창을 하다 서로를 보고 웃음이 터졌다.

"그럼 저녁에 밥 먹고 학교까지 자전거 타고 갈까?"

아, 무슨 또 학교야, 하면서도 네 사람은 별수 없이 학교를 떠올렸다. 딱히 벗어나고 싶다는 생각은 없지만, 여기가 아닌 다른 장면을 상상하지 못하는 자신들을 '웃프게' 만드는 곳.

애들이 모처럼 입을 다물고 공유 자전거 어플을 다운받았다. 와중에 이나가 말했다.

"나 사실 자전거 못 타."

나래는 금시초문인 이야기였다.

"진짜? 언제부터?"

"탈 줄은 아는데, 어렸을 때 크게 넘어진 이후로 잘 안 타게 됐어. 아마 못 탈걸?"

"그럼 가위바위보 해서 진 사람이 뒤에 이나 태우자."

소영이 던졌고, "미안한데 그게 더 무서워." 이나가 거절했다. 그럼 뭐하지? 다시 나른해지려는 공기를 나래가 띄웠다.

"그러지 말고 우리 이나 자전거 타는 법 알려 주자."

"재밌겠는데?"

애들의 흥미가 다시 되살아났고 이나는 헛웃음을 지었다.

"잘 잡아 줘야 한다? 손 놔도 내가 모르게 자연스럽게 놔야 해~."

불안한 말투와 달리 시원하게 웃고 있는 이나의 옆모습을 나래는 물끄러미 쳐다봤다. 앞으로도 자신이 모르는 이나가 늘어나겠지. 그 중에는 미처 공유되지 않은 이나도 있을 것이다. 그러니 이렇게 몰랐던 시절의 이나가 튀어나오는 것쯤이야. 어차피 이나가 어떤 이나들로 구성되어 가든, 우린 함께 있을 거니까.

그리고 그건 모두 마찬가지이다. 소영도, 유림도, 나래 자신에게도.

아직은 당연하게만 느껴지는 함께라는 기분.

"갑자기 엄마가 셋이나 생긴 기분이네."

"그럼 역시 학교로 가야겠다."

"선배들 야자 하는데 시끄럽다고 혼나는 거 아냐?"

"우리 학교에 야자 하는 선배들이 얼마나 있겠어?"

"알지? 이런 애들이 내년에 가장 유난스러운 고3 되는 거."

쉴 새 없이 떠들어도 좀처럼 소음이 되지 않는 소리들. 나래는 제 볼륨은 줄이고 귀를 마냥 내어 주는 이 시간이 자장가처럼 편안했다. 무리하라고, 스스로에게 자꾸만 요구하고 싶어지는 충동 같은 것도 흐물흐물해져 갔다. 나래는 소영의 할머니가 타 준 차가운 매실차를 마시고 접었던 다리를 쭉 폈다. 컵의 물기와 손바닥의 뜨거운 땀이 진득하게 섞였다.

*

이나와 함께 빨간 광역버스와 파란 간선버스를 갈아타는 일은 더는 없었다. 대신 노란 마을버스 뒷자리에 같이 앉아서 학교에 갔다. 공기가 습해지고 거리의 초록이 무성해지자 걸어서 등교하는 일이 점점 힘들어졌기 때문이다. 돌아가는 길은 각자의 몫이었다. 나래는 혜화역으로, 이나는 도서관으로 향하는 사이 여름은 깊어지고 있었다.

계절은 느리게 움직이는 것 같다가도 그 변화가 착실히 드러난다. 반면에 두 사람은 뭔가가 정체돼 있는 것 같다고 자주 하소연을 했다. 여름보다 부지런히 집을 나서지만 갔던 길을 거슬러 올라 집으로 돌아올 때면, 꼭 제자리걸음을 하는 걸까 봐 덜컥 두려운 밤도 있었다. 가로등 불빛이 비껴간 두 발 아래 골목길이 새카맣게 보일 때.

이나는 생각했다.

'꿈이 이뤄진다는 건 이동하는 것이 아니라 한자리에서 깊어지는 걸지도 몰라.'

나래는 생각했다.

'시시한 게 당연하겠지. 아직은 꿈이 아닌 현실이니까.'

다시 말하면 이렇게 생각하지 않으려 애쓰고 있는 중이었다.

'혹시 내가 너무 과분한 도전을 하고 있는 걸까?'

아직 무엇도 되지 않은 미래 때문에 지금을 닦달할 필요는 없겠지. 지금의 나와 미래의 나 사이에 얼마큼의 간극이 있는지 몰라도 벌써 미래에 지는 기분으로 오늘을 살지는 않겠다고, 나래는 다짐했다. 조바심이 나지만 너무 빨리 해석하려다 보면 탈락되는 감정들이 생길 테니까.

"커피 자주 마시면 목에 안 좋다."

나래의 왼편으로 불쑥, 익숙한 목소리가 넘어왔다. 나래는 빨대로 흡입하던 아이스 바닐라라떼를 고스란히 뱉어 냈다. 학원 밖에서 고을쌤을 마주친 것은 처음이었다. 고을쌤이 티백 태그가 달랑거리는 텀블러를 흔들며 인사했다. 이 여름에 심지어 따뜻한 열기까지 피어

올랐다.

주말 오후, 사람들 가득한 거리를 피할 길이 없어 사람 구경이라도 할 만한 벤치를 찾고 있었다. 고을쌤을 따라 무작정 걷다 보니 불 꺼진 소품 가게 앞에 의자가 있었다. "여긴 참 오픈이 들쑥날쑥하다니까." 하며 익숙하게 앉는 쌤을 따라 나래도 앉았다.

"연습하다 답답해서 바람 좀 쐬려고 나왔는데, 쌤을 만날 줄이야."

"요즘도 주말에 꾸준히 나오는구나. 기특하네."

이나가 없어도, 라는 행간이 희미하게 읽혔지만, 나래는 구태여 반응하지 않았다. 그건 아직 자신에게 남아 있는 이상한 자격지심에서 비롯된 짐작일 수도 있으니까. 중요한 건 '이나가 없어도' 같은 실체 없는 소리가 제법 희미하게 느껴진다는 점이다.

"쌤은요?"

"나도야."

"네?"

"나도 이번 주는 좀 한가해서, 연습하러 나왔다고."

나래는 고을쌤의 이런 모습이 멋있었다. 우리에겐 선생님이지만, 노래하는 자신에 대해서는 여전히 노래에 닿고자 하는 마음을 키워 나가는 사람으로 돌아올 수 있는 사람. 그것을 아무렇지 않게 학생에게 보여 줄 수도 있는 사람. 그건 고을쌤이 고을쌤으로 되어 가는 동안 만든 모습이겠지. 결국 시간의 문제일 것이다.

나래는 고을쌤의 흥얼거리는 소리를 듣다가 다시 열여덟 살로 돌아와 버리는 자신의 시간에 저도 모르게 한숨이 나왔다. 괜히 메신저 앱을 들어갔다 나왔다 했다. 슬슬 수험생 자아를 장착하려 하는 친구들에게 이런 이야기를 하는 건 주저하게 된다.

문득 고을쌤의 친구들은 뭘 하고 있는지 궁금했다.

"쌤, 쌤 친구들은 뭐 하시는 분들이에요? 다 음악 하시죠?"

고을쌤은 예상 밖의 질문이라는 듯 의아해했지만 곧 휴대폰 사진첩에서 어떤 밴드팀 사진을 보여 주었다. 고등학교에 올라가는 해, 유달리 세뱃돈을 많이 받은 설날에 엄마 몰래 전자피아노를 산 게 시작이라고 했다.

일반인을 대상으로 한 가요 서바이벌 프로그램이 한창이던 시절이었다. 공부에 지칠 때마다 마음 맞는 친구들끼리 모여 독학으로 연주를 하고 뚱땅거렸을 뿐인데 인생이 이상하게 흘렀다고 했다.

"재미 삼아 만들어 본 음악이 길거리 공연 등에서 소소하게 반응이 오는 거야. 어린 마음에 얼마나 재미있고 뿌듯해? 지금 생각해도 대단하지. 어쩌면 지금보다 더 열심이었던 것 같고."

"저 지금 쌤 탄생 설화 같은 거 듣는 기분이에요. 그때 만든 노래 저도 들어 볼 수 있어요?"

고을쌤은 안 된다고 단칼에 자르면서도 자꾸만 캐내고 싶은 이야기를 계속했다.

"다들 엉뚱한 짓을 하는 거에 비해서는 나름대로 착실한 애들이었어. 공부도 하려는 시늉은 했지. 아니, 어쩌면 음악 하는 시늉을 하고 싶었다고 해야 할까. 틈틈이 짬을 내서 만든 곡이 졸업할 즈음엔 다섯 곡 정도 되더라? 이 시절을 기념하는 선물로 첫 소품집을 만들어 나눠 가졌지."

"잠깐만, 너무 멋진데요? 그러니까 그게 쌤, 아니 쌤 밴드의 1집인 거잖아요. 밴드명이라도 알려 주세요. 듣는 건 제가 어떻게든 알아서 찾아볼게요."

고을쌤은 온화하게 웃으면서도 그럴 일은 절대로 없을 거라는 투로 말했다.

"대학으로 실용음악과에 진학한 건 나뿐이었어. 나도 놀랐어. 친구들이 당연하게 그 길을 상상하지 않아서가 아니라, 오히려 내가 노래를 하려고 선택한 게 말야. 아까 말한 것처럼, 다들 음악을 진지하게 하려던 건 아니었으니까. 그런데 나는 아니었던 모양이지?"

고을쌤은 마치 다른 사람의 이야기를 전하듯 말했다. 아……. 나래는 그냥 고개만 끄덕거렸다. 그럴 수 있지. 기대와 다른 결말이었지만 나래는 실망하지 않았다. '다른 과를 가도 음악은 계속할 수 있지 않나요?'라는 희망도 걸지 않았다. 그냥 이것만은 알 것 같았다. 모두 각자의 길을 가는 것뿐이래도, 어쩐지 고을쌤 자신은 '남아 있는' 사람이 된 기분이었겠다. 고을쌤은 그런 마음으로 스무 살이 되었겠다.

잠시, 시간이 무엇에도 방해받지 않고 그대로 흘렀다. 길지도 짧지도 않은 침묵 끝에 고을쌤이 '아!' 하고 손뼉을 치며 말했다.

"요즘 학생들도 〈해리포터〉를 보나? 그 시리즈 영화에 내가 가장 좋아하는 대사가 있어. '우리의 진정한 모습은 실력에서가 아니라 선택에서 나온다.' 주인공이 믿고 의지하는 교수님이 해 주는 말인데, 스무 살의 나는 그런 걸 느꼈던 것 같아."

나래는 제대로 본 적은 없지만, 무슨 영화인지는 알았다. 그리고 곧 보겠지 싶었다. 그런데 고을쌤은 어쩌다 나한테 이런 이야기를 한 거지? 쌤의 친구들이 궁금했을 뿐인데, 고을쌤은 서서히 멀어져 지금은 음악 이야기는커녕 안부를 나누기에도 일이 된 친구들 이야기를 털어놓았다.

"그래도 가끔 지치거나 외로울 때마다 지나간 처음을 생각하는 내가 좀 철없게 느껴지더라. 그럴 바엔 아예 내가 기억하는 시작을 제대로 지켜보자, 아니, 새롭게 만들어 내자 싶어서 이 일을 시작했어. 진짜 친구가 되긴 어렵지만, 우린 먼 동료 정도는 될 수 있으니까. 지금 너랑 나처럼 말이야."

그 말은 나래가 계속하기만 한다면 나래는 고을쌤의, 고을쌤은 나래의 음악 하는 친구가 될 터였다.

"아…… 아, 쌤! 감동 뭐예요 진짜!"

나래는 주말이 지나가는 대로 소영에게 책 추천을 받아야겠다고 다짐했다. 벅차오르는 마음을 제대로 표현할 길이 없었다. 그러므로 오늘의 딴짓은 여기까지. 고을쌤과 나란히 학원으로 들어가자 연습실에서 뚱땅거리는 악기 소리와 제각기 열창하는 음성들이 웅웅거리며 들려왔다. 나래의 가슴도 웅웅거렸다.

여름방학

"너희 고2 여름방학이 제일 중요한 거 알지?"

방학 직전의 수업마다 도돌이표처럼 듣는 선생님들의 인사에서 지루한 기시감이 느껴졌다. 6학년 교실에서도, 세상을 다 아는 것처럼 굴었던 중학교 3학년 때도 주어만 바뀌었을 뿐, 같은 이야기를 들었다. 예비 중1, 예비 고1, 그게 뭐라고 선생님들은 하나같이 매년 여름방학의 막중함을, 정확히는 여름방학을 보내야 하는 우리들의 막중함을 강조하는 걸까.

유림이 포털 사이트에서 검색한 방학의 뜻풀이를 공유하면서 투덜거렸다.

양유★ 방학이 왜 방학인데. 놓을 방, 배울 학. 그래서 방학 아니야?

예전의 나래라면 단번에 동의했겠지만 지금은 아니다. 오히려 선생님의 잔소리를 필요한 참견이라고 편을 들어 줄 수 있을 것 같았다. 왜냐하면 '노래하는 상태'에 머물러 있는 자신은 아무리 부정해도 표면적으로 가수를 꿈꾸는 애처럼 보였다. 레슨이 없어도 연습실을 예약할 수 있는 작은 네임 카드는 나래를 '공부는 뒷전이고 저 하고 싶은 내로 노래하는 상태'에 두게 하는 무기이자 학생증보다 더 스스로를 증명하는 수단이 되었으니까.

실제로 꿈에 대한 생각도 옅어져 갔다. 음악은 도달해야 할 이상으로서의 꿈보다, 매일 익혀야 하는 기술처럼 느껴지기도 했다. 조금은 압축된 채 루틴화되어 가는 일상이 가뿐하게 느껴지기도 했다. 그만큼 재미도 줄어들었지만, 지치지는 않았다.

여전히 어떤 레슨 곡 앞에서는 도망가고 싶지만 가수들의 목소리 위로 제 소리가 겹칠 때, 나래는 종종 이 순간이 빛났다고 믿었다. 오랜 시간 마음속으로 두리번거리며 찾았던 반짝이는 실마리가 나래의 귓갓길마다 천천히 한 가닥씩 따라오는 것 같았다.

'그게 전부면 어쩌지.'

하지만 이런 걱정에서 벗어나기 위해서도 나래에겐 이제 음악이 필요했다. 어떤 생각 속으로 진입하려 할 때도 마찬가지였다.

지금 듣고 있는 음악은 어쿠스틱 기타 반주 위로 허스키한 목소리가 가볍게 내려앉으며 시작되었다. 기타 줄을 슬쩍 건드리기만 하는 느낌으로 나풀거리는 목소리가 나래 마음을 간지럽혔다. 처음 듣는 노래라 어떻게 끝날지는 모르겠다. 갑자기 비트가 빨라지거나 신시사이저가 멜로디를 환상적으로 뒤섞어 놓을 수도 있다. 아니면 마지막까지 가는 줄 여섯 개에만 의지한 채 끝날지도 모른다. 오롯해서 선명하고, 의지할 곳이 서로밖에 없어 오히려 따뜻한. 이런 음악을 듣다 보면 그 가는 실마리들이 착실히 모이고 짜인다. 비록 그 실들이 매직 카펫이 되어 나래를 근사한 미래로 데려가 주지 않아도, 단지 오늘의 까만 밤이 너무 어둡지 않도록 지켜 주는 것에 그친다고 해도 괜찮기로 하자고, 나래는 다짐하고 있다. '별수 없잖아?'여서는 아니고, 어떤 음악이 재생된다고 해도 '어쩌자고 여기까지 와 버린 걸까.' 후회하고 싶지 않으니까.

알고 있었니? 청소년의 청(靑)에는 '푸르다'는 뜻 말고도
'고요하다', '잠잠하다'는 뜻이 있대.
쌤은 최근에야 안 거 있지.
나란히 두고 보니 푸른 것은 왠지 의무나 결실 같은데,
'고요하다'는 쉼, 다음으로 향하는 준비처럼 느껴지더라.
쌤은 이 편이 지금의 너희와 더 어울리는 것 같아.
너희는 어때?
11반 청소년들아, 필요한 걸 발견하는 방학이길 바란다.

당분간 받지 못할 월요 인사말이 나래의 팔꿈치 아래에 끼워져 있었다. 종례가 길어지고, 바깥에는 벌써 운동장을 가로지르는 애들이 하나둘씩 늘어났다. 앞서가는 애의 가방을 향해 슬리퍼를 던지거나 거리낄 것 없이 목청을 높이는 모습들. 그냥 조금 한심하고, 조금 우스운 정도로 지나가는 풍경들.

나래는 이 여름이 어떻게 지나갈까 궁금해졌다. 모두 지금보다는 더 자주, 각자의 자리에서 혼자가 돼 있겠지. 아무리 애를 써도 어쩔 수 없이 스스로를 고립된 상태로 방치해 두는 날도 있겠지. 나래는 그럴 때 우리가 서로의 얼굴을 너무 늦지 않게 떠올리기를, 좀 더 현명한 상태로 가을을 맞았으면 좋겠다고 생각했다. 그토록 중요하다는 고2 여름방학에 나래가 갖고 싶은 것이 있다면, 특별한 성취가 없어도 행복할 수 있는 힘일 테니까.

민트색 커튼이 바람에 크게 펄럭이며 나래의 시야를 가렸다 열어주기를 반복했다. 그곳엔 소영과 유림, 정현, 그리고 모처럼 신관으로 넘어와 복도 창문에 이마를 대고 자신을 기다리는 이나가 있었다. 나래는 그 뒷모습들을 영영 바라볼 수 없는 자신의 등인 양 마음에 담았다.

이제 이나의 헤드폰에서는 연습곡 대신 무슨 노래가 들려올까. 나래는 아주 오랜만에 이나의 플레이리스트를 향한 호기심이 일었다. 처음 이나를 알고 싶었던 때처럼. 이나가 지난 편지에서 말했던, 우린 달라진 게 아니라 더 같아진 건지도 모른다는 말은 이런 순간을 가리킨 거였을까.

시작. 그 자체만으로는 아무런 변화도 일어나지 않지만, 시작 이후를 거듭하며 움직이면 이렇게 짜릿해지는구나.

커튼이 한 번 더 부풀어 오를 때, 나래는 매듭 끈을 붙잡아 가지런히 묶어 두었다. 바람이 고스란히 교실 안으로 들어와 아이들의 자세를 상쾌하게 흐트러뜨렸다.

열여덟의 나

　　이 소설을 한창 쓰고 있을 때 동료에게 "어떤 소설을 쓰는 사람이 되고 싶어요?"라는 질문을 받았다. 그는 이미 앞선 질문에 스스로 답을 내린 참이었다. 얼굴이 달아올랐다. 여태껏 한 번도 그런 생각을 해 본 적 없었다는 부끄러움과 과연 나만의 궤를 그려나갈 수 있을까 하는 막막함이 단번에 밀려왔다.

　　그가 나에게 계속해서 다음 소설이 있으리란 것을 가정하고 긴넨 말이있으므로, '아직은 모르겠네요.'라고 답하고 싶은 마음을 꾹 누른 채 잠시 고민해 보았다. 이제 막 소설을 써 보려 하는 나로 할 수 있는 말이 있겠지. 나중에 수정하더라도, 지금을 기억해 줄 사람이 한 명 더 있으면 좋을 것 같았다.

　　"음…… 누군가의 외로움을 알아보는 소설?"

　　외롭지 않게 만드는 건 너무 욕심 같고, 읽는 이가 자신의 외로움을 알아볼 수 있는 이야기. 그래서 외로움이 덜 혼자이게 하는 이야기를 쓰고 싶다고. 운전을 하던 동료는 가만 고개를 끄덕였다. 그 모습이 아주 긴 쓰기가 필요할 거라는 신호 같았다. 차창 너머로 연한 노을이 번지고, 고속도로는 퇴근길 정체가 시작되려고 하는 어느 늦은 오후의 일이었다.

　　그런데 왜, '외로움'이었을까? 나는 '꿈'에 관한 이야기를 쓰고 있다고 생각했는데. 소설을 다 쓸 때쯤 깨달았다. 내 지난 꿈들은 모두 외로움 속에서 피어났구나. 꿈꾸는 일이 외로워서가 아니라, 외롭지 않으려고 꿈을 꾸었구나. 그러므로 꿈은 결코 단일하지 않고, 드높거나 거창할 필요도 없다. 나는 언제고 다시 외로워질 것이고, 그럴 때마다 아주 작은 단위의 꿈들이 다가와 혼자가 아니게 만들 테니까. 지금 나와 동행하는 꿈들이 그래 주듯이.

나래, 이나, 유림, 소영, 정현은 이런 꿈의 진실을 나보다 먼저 발견한 아이들이다. 그래서 각자의 여정에서 서로를 알아보았겠지. 같은 자리에서 다른 시간을 겪으면서, 변해 가는 자신의 모습이 우리로 겹쳐지는 순간순간을 소중히 여길 줄 아는 열여덟로. 무엇보다 정인고 5인방 모두가 친구를 아끼는 만큼 자신의 편이 되어 줄 줄 아는 아이들이어서 다행이다.

열여덟의 나 스스로는 짓지 못한 웃음을, 다섯 명의 친구들 덕분에 뒤늦게 해낼 수 있었다. 누구도 시간을 돌이킬 수 없어서 우리는 한 살씩 더해질수록 더욱더 나다워지는 것 같다. 그걸 성장이라 말할 수도 있겠지. 다시 돌아간다면 그때의 나를 더 응원할 테지만, 이미 지나온 모든 날이 모여 살아가는 지금의 내가 가장 마음에 든다.

아, 이 말을 하게 돼서 참 기쁘다.

윤혜은

우리들의 플레이리스트

1판 1쇄 발행 | 2024. 6. 26.
1판 2쇄 발행 | 2024. 11. 27.

윤혜은 지음

발행처 김영사 | **발행인** 박강휘
편집 김유영 | **디자인** 윤소라 | **마케팅** 서영호 | **홍보** 조은우
등록번호 제 406-2003-036호 | **등록일자** 1979. 5. 17.
주소 경기도 파주시 문발로 197(우 10881)
전화 마케팅부 031-955-3100 | 편집부 031-955-3113~20 | 팩스 031-955-3111

값은 표지에 있습니다.
ISBN 978-89-349-2518-7 43810

좋은 독자가 좋은 책을 만듭니다. 김영사는 독자 여러분의 의견에 항상 귀 기울이고 있습니다.
전자우편 book@gimmyoung.com | 홈페이지 www.gimmyoung.com